KB078364

拳王降臨

무명서생 장편 소설

FUSION FANTASTIC STORY

권왕강림 4

무명서생 장편 소설

초판 1쇄 찍은 날 § 2012년 1월 25일
초판 1쇄 펴낸 날 § 2013년 2월 1일

지은이 § 무명서생
펴낸이 § 서경석

편집부장 § 권태완
편집책임 § 어정원

펴낸곳 § 도서출판 청어람
등록번호 § 제1081-1-89호
등록일자 § 1999. 5. 31
어람번호 § 제1-1532호

주소 § 경기도 부천시 원미구 심곡2동 163-2 서경B/D 3F (우) 420-822
전화 § 032-656-4452 팩스 § 032-656-4453
http://www.chungeoram.com
E-mail § chungeorambook@daum.net

ISBN 978-89-251-3156-6 04810
ISBN 978-89-251-3092-7 (세트)

拳王降臨

4

무명서생 장편 소설

FUSION FANTASTIC STORY

CONTENTS

CHAPTER **01**
더러운 수

굿 디펜더의 체육관.

오늘은 사무직을 제외한 모든 직원의 합동 훈련이 있는 날
이었다.

모인 인원은 대략 1,000여 명.

그들 앞에서 상두는 여러 가지 격투에 관한 시범을 보였다.
그의 시범이 끝나자 우레와 같은 박수 소리가 체육관을 가득
덮었다.

상두의 회사는 점점 더 규모가 커져만 갔다.

박강석의 조직 시절에 능했던 사람 관리 능력과 상두와 황

장엽의 영업 능력이 합쳐지자 굉장한 시너지 효과가 일어난 것이다. 게다가 그들이 구축해 놓은 시스템은 굉장히 효율적이라 의뢰가 많이 들어온 추세였다.

회사 경비는 물론이고 개인 경호 의뢰도 굉장히 많이 들어오고 있었다. 언제나 고객이 어디에 위치하는지 모니터링을 해서 출격 준비에 만반을 기했다. 덕분에 개인 경호의 경우 10분 이내에 도착할 수 있는 인적 시스템을 구축했다. 모두가 철진의 노고 덕분이었다.

하지만 아직까지는 상두가 기점으로 하고 있는 도시에만 국한된 시스템이었다. 수도권 지역이라 서울에서도 의뢰가 들어오고 있었지만 아직 그곳까지 커버할 인적 자원이 부족한 것도 사실이었다. 인원이 갖춰진다면 언제라도 서울로 진출을 꾀할 수 있을 것이다.

상두의 시범이 끝나자 모두 10명씩 조를 이루어 훈련에 임했다.

상두는 이미 직원들 중 조장을 추려서 그의 격투 노하우를 가르쳐 주었다. 직원들은 이미 어느 정도 체력이 단련된 상태이기에 그의 훈련은 꽤나 성과가 있었다. 덕분에 직원 하나하나의 능력이 일반 격투가의 수준에 근접하거나 상회하는 자들도 생겨나기 시작했다.

상두의 옆에서 훈련을 지켜보던 박강석이 입을 열었다.

"…마치 사병 같잖아."

그의 말대로 지금 모습은 마치 그 옛날 군병이 사병을 대신했을 때의 훈련 모습을 보는 것 같았다.

상두는 슬쩍 웃음을 보였다.

"그렇게 보여?"

"애송아, 무슨 생각인지는 모르겠지만 이 정도 규모로 키워 놓는 이유는 설명해야 하지 않겠어?"

"나중 되면 다 알게 돼. 그리고 박 형. 사원들 앞에서는 애송이라고 부르지 말았으면 좋겠는데."

상두는 호칭 문제를 거론했다. 아무래도 회사 내에서는 그가 사장이다 보니 위계질서를 생각한 것이다.

"지금이 사원들 앞이냐 애송아."

하지만 박강석은 '쿨'하게 대답했다. 상두는 못 말리겠다는 듯 한숨을 내쉬며 고개를 절레절레 흔들었다. 하지만 그와는 이미 허물없는 형제와 같은 사이가 되었기에 상두는 그런 박강석을 극진히 대했다.

박강석 역시 상두의 격투 노하우를 습득했다. 자신도 직원들에게 가르치려면 누구보다 더 이 노하우를 깨우쳐야 했다. 덕분에 이전보다 훨씬 강한 격투 능력을 지니게 되었다. 이런 점이 상두에게 고맙기는 했지만 사용할 일이 없어서 입맛만 다시고 있었다.

"이렇게 훈련만 시키면 뭐하누. 사용할 곳이 없는데……."

박강석은 그렇게 읊조리곤 훈련하는 직원들을 향해 나아 갔다. 이것은 박강석만의 생각이 아니었다. 대부분의 직원들 역시 그렇게 생각했다.

훈련은 마치 대규모 공습을 할 것처럼 하지만 막상 업무는 간단한 소매치기나 스토커에게서 회원을 구하는 일이 고작이 었다. 모두들 출신이 박강석과 비슷하다 보니 몸이 근질거릴 수밖에 없었다.

"언젠가 사용할 날이 올 거야."

상두는 차분히 읊조리며 사무실로 향했다.

사무실로 도착한 그는 책상에 앉아 신문을 들었다. 영자 신 문도 여럿 있었고, 우리나라에서 발행되는 신문이 모두 있었 다. 인터넷으로 신문을 읽을 수도 있었지만 그것은 자신이 필 요한 부분만 골라보게 되니 별로 의미가 없었다. 사회가 돌아 가는 것을 알기 위해서는 신문을 읽는 것이 중요했다.

그렇게 신문을 훑어보던 상두의 얼굴이 굳어졌다.

"박경파가 공천이라니……."

요즘 시끄러운 공천자 명단이 올라온 것이다.

박경파는 당연히 구미 갑에서 공천이 되었다. 현 여당의 공 천을 받았으니 여당의 텃밭이라고 할 수 있는 구미에서 국회의원은 따 놓은 당상이었다.

"이런 인물이 국회의원이라니……."

그는 신문을 구겼다.

이미 그가 국회의원에 욕심이 있다는 것은 진작 알고 있었다. 덕분에 이성만 회장에게 붙었고 그로 인해 상두에게 위해를 가했던 것이다.

우리나라 정치가 썩은 것은 누구나 잘 알고 있다. 하지만 박경파 같은 소인배가 정치판에 살아남을 수 있다는 사실이 상두는 통탄스러웠다.

"무엇 때문에 그리 한숨을 쉬는 거지, 사장님?"

박강석이 들어왔다. 그는 한바탕 직원들과 대련이라도 했는지 온몸에 땀이 젖어 있었다.

"샤워 좀 하고 들어오지."

"샤워실에 뜨거운 물이 안 나오는 것 같네, 사장."

상두의 핀잔에 그는 콧방귀만 뀌었다. 하지만 이내 상두의 표정이 심각하다는 것을 알고 물었다.

"그런데 왜 그렇게 심각한 거냐?"

박강석의 물음에 상두는 신문을 내밀었다. 그는 아무렇지 않게 신문을 받아들더니 인상이 구겨졌다. 공천자 명단에서 박경파의 이름을 발견한 것이다.

"결국 이렇게 되었군. 장부를 조심해야겠어."

"장부는 어디에 있는데?"

상두의 물음에 강석은 고개를 절레절레 흔들고는 주의의 직원을 바라보았다. 그 정도로 박강석은 장부의 위치에 대해서 제대로 알려주고 싶지 않은 것 같았다.

"회사로 들고 와줘. 이곳에 있는 것이 더 안전할 것 같지 않아?"

상두의 말에 그는 고개를 끄덕였다.

아무래도 다른 곳에 보관하는 것보다는 이곳에 보관하는 것이 더 안전할 것이다. 보안회사의 본사 금고라면 얼마나 보안이 철저하겠는가. 중요한 문서이니만큼 보안을 철저히 해야 했다.

"알았어, 내일쯤 가져올게."

박강석은 고개를 끄덕였다.

"박 형, 분명히 박경파는 이제 거세게 나올 거야. 몸조심을 하는 게 좋을 것 같군. 어디 잠시 동안 잠적하는 게 좋지 않을까?"

박강석은 고개를 절레 흔들었다.

"아니야. 난 그렇게 약한 사람이 아니잖아? 게다가 사장이 가르쳐 준 격투술 덕분에 더 많이 강해졌어. 박경파의 수하들 정도는 아무런 장애가 될 수 없어."

그는 자신만만했다.

언제나 그랬지만 그의 그런 자신만만함에 상두가 불안감
을 느끼는 것도 사실이었다.

*　　　*　　　*

다음 날.

박강석은 이른 아침에 짐을 챙겼다.

상두가 회사 기숙사에서 지내자는 것을 마다했다. 그러고
는 회사에서 조금 떨어진 곳에 위치한 원룸을 얻어 생활하고
있었다. 아무래도 회사에서 생활을 하면 상두에게 괜한 폐를
끼칠 것 같았던 것이다.

그는 박경파가 상두에게 험한 짓을 했을 때 상두를 돕지 못
했다. 그것이 아직도 큰 미안함으로 남아 있었다. 상두에게
신세지는 짓을 최소화하는 것이 그에 대한 일종의 속죄리고
여기는 강석이었다.

그는 장부를 챙겼다.

장부에는 박경파의 비리 내역이 적혀 있었다. 게다가 그것
말고도 여러 가지 좋지 못한 일들의 행적에 대한 자료들이 들
어 있었다. 살인 교사에 직접 참여한 것까지 물증과 함께 첨
부되어 있었다. 이것만 공개된다면 박경파의 정치인생뿐만
이 아니라 사회생활까지 끝장날 것이다. 그 정도로 파급 효과

가 컸다.

강석은 벨트 앞부분에 그것을 꽂아 넣고 옷으로 가렸다. 그를 해하지 않고서는 자료를 빼앗을 수 없을 것이다. 강석은 마음을 단단히 먹고 밖으로 나갔다.

밖으로 나온 강석은 두리번거렸다.

아직 동이 트지 않은 새벽의 한산한 뒷골목.

누군가 있겠냐마는 자료를 빼앗기 위해 찾아오지 않을까 하는 불안감 때문에 나오는 행동이었다. 권력에 눈이 먼 박경파가 가만히 있을 리가 없었다.

이윽고 그의 불안은 현실이 되었다.

강석이 다시 고개를 돌렸을 때!

그를 향해 오토바이가 달려들었다. 미처 피할 틈도 없었다. 그대로 오토바이와 부딪쳐 멀찌감치 날아가 너부러졌다.

"크윽……!"

강석은 충격에도 굴하지 않고 벌떡 일어났다. 다시 방어 자세를 취하기 위해 팔을 올렸지만 왼쪽 팔이 올라가지 않았다.

"칫! 골절인가……."

하지만 이 정도도 선방한 것이다. 상두가 알려준 격투의 노하우가 아니었다면 큰 부상을 입었을 것이다.

오토바이의 주인은 강석이 아무렇지 않은 것을 발견하고는 다시 그를 향해 돌진했다!

그 짧은 순간 강석은 주변을 두리번거렸다. 이대로 당하고 있을 수만은 없었다.

"저게 좋겠군!"

그는 마침 길가에 너부러진 마대 자루를 발견하고는 빠르게 집었다.

"당할 것 같으냐!"

달려드는 오토바이를 슬쩍 피한 후 동시에 마대 자루를 휘둘렀다.

"어어어!"

운전자는 갑자기 날아든 마대 자루로 인해 공중으로 부웅 떠올랐다. 주인을 잃은 오토바이는 조금 전진하는 듯하다가 그대로 바닥에 쓰러져 회전하며 나아갔다. 오토바이의 주인은 그대로 바닥에 널브러져 몸부림쳤다.

"제길……!"

바닥에 너부러진 운전자는 벌떡 일어났다. 생각보다 큰 충격은 없는 것 같았다. 하지만 그대로 쓰러지는 편이 그에게 이로울 뻔했다.

"죽고 싶으냐……."

박강석이 살기를 가득 담은 채로 다가오고 있었다.

"박경파가 보낸 거냐!"

팔이 부러져 늘어뜨린 채로 박강석은 마대 자루로 그를 마구 두들기기 시작했다. 오토바이에 있을 때나 위험하지 아래로 내려왔을 때에 박강석의 먹이일 뿐이다.

미친 듯이 두들긴 박강석.

그의 눈에는 노기가 가득했다. 얼마나 화가 났는지 오토바이 헬멧이 깨질 정도였다.

"헉… 헉……."

아무리 그라고 해도 팔이 부러진 상태에서의 공격은 힘이 든 것 같았다. 공격은 점차로 횟수가 줄어들었고 이제 지쳤는지 그만두었다.

오토바이의 주인은 그대로 몸을 웅크린 채 벌벌 떨었다.

"감히 나에게 린치를 가해? 이 정도로 끝나는 게 운이 좋은 줄 알아……."

그는 그렇게 쓰러진 오토바이의 주인에게 침을 퉤하고 뱉고 뒤돌아섰다.

"오랜만이야, 강석이……."

그때 익숙한 얼굴이 그의 눈에 들어온다. 강석이 미처 대처를 할 사이도 없이 배를 향해 은빛 직선이 빠르게 날아왔다.

"크윽!"

칼이었다.

강석의 새하얀 와이셔츠는 이내 붉게 물들었다.

강석은 천천히 칼을 찌른 자를 바라보았다. 그는 강석의 바로 아래 서열에 있던 중간보스 '김영현'이었다. 조직에 입신한 해는 같았으나 늘 박강석에게 가려 빛을 보지 못했던 자였다.

"크크큭, 강철 같은 네놈도 배때지는 연하구나."

"크윽! 네놈이……!"

김영현은 칼을 뽑았다.

강석은 비명을 내지르며 비틀거리다 그대로 주저앉았다. 환부를 가린 손에서 피가 계속해서 철철 흘렀다.

"그대로 꺼져 버려!"

이윽고 김영현의 발길질이 날아왔다.

"크악!"

그는 그대로 길바닥에 대자로 누워버렸다.

"그러길래 왜 회장님께 반기를 드시나. 그렇게 잘난 척할 때부터 결말이 이럴 거라고 내가 예상은 했시. 크크큭."

영현은 그렇게 읊조리며 박강석의 배에 끼워 놓은 서류뭉치를 꺼내 들었다.

"이런, 이런. 피로 다 물들었잖아. 이건 내가 잘 가져갈 테니까. 그래도 주무시면 되는 거야. 크크큭."

그는 음흉한 웃음을 보이더니 주머니에서 동전 두 개를 던졌다.

"그건 저승 가는 노잣돈이다!"

그는 빠르게 이 골목길을 빠져나갔다. 이제 새벽을 지나 동이 터오고 있는 세상은 조금씩 밝은 빛을 찾았다.

"제기랄……!"

박강석이 몸을 일으켰다.

다행히 급소는 피해 칼을 맞은 것 같았다. 김영현은 언제나 칼을 쓰지만 신통치 않은 실력 탓에 박강석이 나서야 하는 때가 많았다. 오늘도 역시 그때의 허술함으로 인해 살아남을 수가 있었다.

"후우… 그나마 다행이군……."

그는 허리 뒤춤을 확인했다. 두툼한 무언가가 만져졌다.

"웃차!"

그는 자리에서 일어났다. 피가 너무 많이 흘렀다. 이대로 있다가는 정말로 죽을지도 모른다.

"제길……!"

그는 비틀거리며 골목길을 벗어나 대로로 나왔다.

"꺄아악!!"

여성들의 비명 소리가 들려온다.

출근하던 이들이 모두 몰려와 그의 안위를 살핀다. 사람들 중 하나가 휴대폰을 꺼내 119에 신고까지 했다.

그는 다행히 신속하게 도착한 구급차에 실려 병원으로 향할 수가 있었다. 들것에 실려 가면서도 그는 뒤춤의 두툼한

뭉치를 계속해서 보호했다.

 "제기랄!!"
 상두는 사무실에서 대충 겉옷을 걸치고 빠르게 뛰어나갔다.
다.
 병원에서 연락이 왔던 것이다.
 박강석이 칼에 맞았다는 소식을 들은 것이다.
 박강석은 그의 실력을 과신한 것인지 아니면 인력을 낭비하지 않기 위해서였는지 회사의 개인 경호를 마다했다. 스마트폰에 회사의 경호앱을 깔았다면 이런 변을 당하지 않았을 텐데…….
 "어리석은 사람 같으니라고!"
 그는 회사차를 끌고 미친 듯이 질주했다.
 "괜찮은 거야?!"
 상두는 회사에서 멀리 떨어지지 않은 병원의 응급실에 도착했다.
 박강석은 누워 있으라는 의사의 지시를 무시한 채 병원 침대에 앉아 있었다. 팔이 부러져 부목을 하고, 복부에 붕대로 여러 번 감은 것을 보고 상두는 놀라고 말았다.
 "괜찮아."
 하지만 박강석은 붕대로 감은 팔을 올려서 빙빙 돌려 보있다.

그러자 지나가던 구급의가 그를 노려보았다.

"배에 여러 방울 꿰맸어. 다행히 내장을 다치지는 않았다고 하네. 김영현 그 자식 원래 칼질이 좀 서투니까."

김영현이라는 이름이 들리자 상두의 눈살이 찌푸려졌다. 그 역시 알고 있는 박경파의 부하였던 것이다.

"역시 박경파로군. 벌써 이쪽으로 손을 뻗쳤단 말이지……."

박강석은 고개를 끄덕였다. 상두의 표정은 어두워졌고 다시금 읊조리듯 물었다.

"그렇다면 문서는 모두……."

하지만 박강석은 고개를 절레 흔들었다. 그는 뒤춤에서 무언가를 꺼내 보여주었다.

"그것은!"

"이게 원본이야. 숨기느라 혼났다. 김영현 그놈이 알아차릴까 봐 말이야."

"어떻게 된 거야?"

상두는 놀랐다. 분명히 장부를 빼앗겼을 것이라 생각했던 것이다.

"애송이 너도 알다시피 김영현 그 자식 뒷손이 부족하잖아. 덕분에 내가 처리한 일도 얼마나 많은데……."

상두는 가슴을 쓸어내렸다. 박강석이 일처리가 좋은 것은 알고 있었지만 이 정도로 주도면밀할 줄은 몰랐던 것이다.

"다음부터는 회사 경호시스템에 등록해, 당장."

상두의 말에 박강석은 고개를 끄덕였다.

"이번 일로 내 힘을 너무 과신했다는 것을 느꼈다. 회사에 누가 되는 것 같아서 신청 안 했는데 역시 해야겠어."

박강석은 상두에게 자신의 안위를 알려준 것으로 마음이 놓였는지 침대에 누웠다.

"곧 깁스를 해야 할 것 같아. 걱정하지 말고 돌아가."

상두는 고개를 절레 혼들었다.

"곧 경찰이 조사가 올 거 아니야. 대로에서 칼침 맞았는데 경찰이 안 오겠어? 게다가 박 형 전과자잖아. 분명히 경찰에서 물고 늘어질 거 아니야. 사장으로서 직원을 지켜야겠어."

"하여튼 오지랖만 넓어서는……."

박강석은 그렇게 말하고 침대에 누워 버렸다.

경찰이 왔다.

이것저것을 박강석에게 취조하듯 물었다. 피해자에게 묻는 말치고는 굉장히 날이 서 있었다. 아무래도 그는 전국적으로 알려져 있는 건달이다 보니 이런 반응이 오는 것 같았다. 하지만 상두는 굉장히 기분이 나빴다. 아무리 그래도 지금 박강석은 피해자이다. 피해자를 이렇게 다그치는 것은 무슨 경우인가.

"이보세요. 환자한테 지금 무슨 짓입니까!"

보다 못한 상두가 나섰다. 형사는 그를 노려보았다. 아무래도 박강석과 함께 있다 보니 그의 부하쯤 생각하는 모양이었다.

"당신은 뭐요? 보호자요?"

형사의 물음에 상두는 명함을 내밀었다.

"저는 이런 사람입니다."

그것은 굿 디펜더 사장의 명함.

형사는 잠시 움찔하더니 상두를 위아래로 훑어보았다.

그 역시 굿 디펜더에 대해서 들어본 적이 있었던 것이다. 이 지역에서 개인경호 시스템을 구축해서 호평을 받고 있었다. 덕분에 형사들의 일이 조금 줄어든 것도 사실이다. 하지만 그런 회사의 사장이 이렇게 젊을 것이라고는 생각지 못한 것이다.

"형사라서 사람을 의심하는 것은 이해하지만 무턱대고 의심해서 되겠습니까?"

상두의 말에 형사는 일단 고개를 끄덕였다.

"일단 보호자의 신원이 확실하니 나중에 이야기하도록 하지요. 단순 습격사건이 아닌 이상 조사가 더 필요할 겁니다."

그는 그렇게 말하고 응급실을 나갔다. 걸리는 부분은 많았으나 일단 이쯤하려고 한 모양이었다.

"하여간 짭새들하고는……."

상두의 말에 강석이 웃었다.

"왜 웃는 거야, 박 형."

"너도 우리와 같은 말을 하니까."

"그런가?"

상두는 고개를 갸웃거렸지만 이내 신경 쓰지 않고 의자에
앉았다. 그는 박강석이 깁스를 하고 병신에 입원하는 것까지
확인하고 돌아갔다.

*   *   *

깊은 산속.

사람이 선혀 나니지 않을 것 같은 그런 숲이 짙은 곳이었
다. 어딘지 알 수 없는 이곳에 여러 무리의 사람이 있었다.

그 중심에는 김영현이 손이 뒤로 묶인 채로 꿇어앉아 있다.
그의 앞에는 깊은 구덩이가 있었고, 그것을 팠던 삽도 보였
다.

그는 공포에 벌벌 떨었다.

"살려주십시오… 살려주십시오……."

그는 계속해서 살려달라는 말만 되풀이했다.

그는 큰 실수를 저질렀다. 그가 가져온 자료는 모두 사본이었던 것이다. 주의 깊게 제대로 확인하지 않은 것이 화근이 되었다.

그의 앞에는 담배를 입에 물고 있는 박경파의 모습이 보였다. 그는 몹시 심기가 불편해 보였다. 늘 실수만 하는 그였기에 박경파는 이제 더 이상 참을 수가 없었던 것이다.

"내가 제대로 일하라고 했지?"

박경파는 담배를 한 모금 빨아 당기고 하얀 연기를 내뱉었다.

"그, 그게 회장님, 다시 한 번만 기회를……."

"난 네놈에게 여러 번의 기회를 줬다. 하지만 이번만큼은 절대로 실패해서는 안 되는 일이었다."

"다시 한 번만… 기회를……."

"안 된다고 했지? 마지막 기회를 날려 버린 벌이다. 오늘 처음이자 마지막으로 흙냄새 한번 맡아봐."

박경파의 눈가가 파르르 떨렸다. 그는 담배를 구덩이에 던졌다.

"묻어."

그의 명령에 부하들이 김영현의 팔을 잡았다.

"회장님! 회장님! 살려주십시오!"

김영현은 살기 위해 발버둥을 쳤다. 산채로 구덩이에 파묻

혀야 하는 심정. 그것은 겪지 않은 사람이라면 모른다.

박경파는 그저 그를 바라볼 뿐이었다.

"빨리 안 던지고 뭐하나!"

박경파의 날선 명령에 부하들은 그를 구덩이에 던졌다.

뒤이어 흙을 삽으로 퍼 마구 뿌리기 시작했다.

그러기를 십수 분.

순식간에 구덩이는 흙으로 뒤덮였다.

"후우······."

박경파는 그 모습을 바라보고 명령했다.

"철수해."

그의 명령에 모두 그의 뒤를 따랐다. 뒤를 따르는 부하들은
무언가 중얼거렸다. 아마도 조직에 가담한지 얼마 안 되는 조
직원들이 걱정을 하는 것 같았다.

하지만 깊은 산속이다.

아무도 이곳에 김영현이 있다는 사실을 모를 것이다. 그것
에 모두들 조금은 안심하는 것 같았다.

모두가 떠났다.

그런데 박경파의 한 부하가 나타났다.

그는 주변을 두리번거린다. 미행이 따라 붙었나 아닌가를
확인하는 것이었다. 하지만 아무도 없었다.

박경파는 이튿날 이성만을 만나러갔다.

진작 만났어야 했지만 이성만이 해외의 거물급 인사를 만나러 간다는 이유로 조금 지체된 것이다. 누군지는 알 수 없었지만 일본의 야쿠자 쪽 인사라고 들었다.

공천을 받았으니 인사를 하러 가야 했던 것이다. 공천만 되면 무조건 국회의원 배지를 달 수 있는 곳이라지만 아직 오를 산들이 더 남았다. 그때까지 이성만은 그의 뒤를 잘 봐줘야 한다. 그러기 위해서는 열심히 얼굴 도장을 찍어야 한다.

이성만의 저택에 도착하자 이성만은 정원에 앉아서 차를 마시고 있었다.

"아, 오셨는가."

이성만은 박경파를 반갑게 맞이하고 있었다.

"그래 일은 잘 진행되고 있고?"

"네, 회장님 덕분에 일이 잘 진행되고 있습니다."

"그래. 그쪽은 여당 공천만 받았다 하면 바로 국회의원이 될 수 있으니까. 않게나."

이성만은 말없이 차를 따라주었다. 박경파는 그 차를 한잔 넘기며 이성만의 눈치를 보았다.

한참을 그렇게 차를 마시던 이성만은 입을 열었다.

"그래. 국회의원이 되면 나에게 무엇을 해줄 참인가?"

이성만의 말에 박경파는 움찔했다.

'이 노인네는… 욕심이 끝도 없는 것인가…….'

박경파는 이성만 회장에게 금품은 물론이거니와 여러 가지로 많은 것을 해주었다. 하지만 그는 또 바라고 있었다. 이성만이 돈이 없는 것도 아니었고, 모든 것을 가질 수 있는 사람이 아니던가? 그런데도 그는 끝없이 탐욕을 부렸다.

이성만.

그는 욕심이 끝이 없었다.

현재 대외적으로 밝혀진 게 현금동원력이 우리나라에서 10위권이라고 하지만 지하에 있는 자금까지 합치면 추정하기 힘들 정도로 어마어마할 것이다. 뿐만이 아니라 그의 도움을 받고 추종하는 인사가 정계, 법조계에 깊게 뿌리를 내리고 있었다. 아무리 그가 불법을 저지르고 있어도 수면 위로 올라오지 않는 이유가 바로 그것이었다. 어쩌면 대통령보다도 더 이 나라에서 권력을 휘두를 수 있는 인물일 것이다.

"무엇을 원하시는 겁니까…….."

박경파는 조심스럽게 물었다. 차를 한 모금 마신 이성만은 천천히 입을 열었다.

"자네 딸을 내게 주게."

"……!"

그의 말에 박경파의 억장이 무너졌다.

금지옥엽의 딸을 달라는 말인가!

"무, 무슨 말씀이신지……."

그는 손을 덜덜 떨면서 찻잔을 내려놓았다. 그 모습을 이성만은 재미있다는 듯 바라보았다.

"자네의 딸이 굉장히 명민하더군. 내 비서로 나를 도운다면 좋겠어."

이성만의 눈빛에는 음흉한 기운이 감돌았다.

박경파의 이마에는 한줄기 땀이 흘렀다. 이것은 자신의 딸을 노리개로 달라는 말밖에 되지 않는다. 게다가 이런 세계에 본인의 딸은 발을 들이는 것을 원하지 않았다.

장고를 거듭했다.

자신의 딸을 바칠 만큼 이 권력이라는 것이 소중한 것인가? 그의 마음에서 선의가 그렇게 소리쳤다. 하지만.

"아, 알겠습니다……."

그는 굳건하게 입술을 깨물고 대답했다. 너무도 강하게 깨물어 피가 흐를 정도였다.

굴욕이다.

권력을 위해 자신의 딸까지 바치는 비정한 아버지가 된 것이다.

"하하하하하!"

갑자기 이성만이 마구 웃어대기 시작했다.

그 모습에 박경파는 당황했다. 도대체 이 사람은 전혀 알 수 없는 감정을 가진 사람이었다.

"그렇게 권력이 좋은가?"

그의 말에 박경파는 한참을 말이 없었다.

"자네 딸은 필요 없네. 농으로 한번 해본 소리야. 자네는
이미 권력의 노예가 되었구만. 후후. 그것이면 되네. 이 나라
에서 권력의 노예라면 이 나의 노예니까. 하하하!"

이성만의 기분 나쁜 웃음소리에 박경파는 쓴웃음을 보였
다. 그의 농간에 넘어간 것이었다.

*   *   *

박강석의 기숙사 안에 두 남자가 있다.

상두와 강석은 텔레비전 앞에 앉았다. 그들의 표정이 굉장
히 비장했다. 그들이 이렇게 심각하게 보고 있는 것은 총선
개표 방송이었다.

그들의 관심은 지금 주소지의 국회의원이 아니었다. 바로
그들의 고향인 구미의 국회의원이 궁금했던 것이다. 이렇게
나 관심을 가지는 것은 역시 박경파가 출마했기 때문이리라.

"제기랄……"

박경파가 계속 1위를 달리고 있었다. 역시나 큰 이변 없이
그가 당선이 될 것 같았다.

그렇게 시간이 꽤나 흐르고 어느 정도 개표가 끝났다.

'박경파 후보, 당선 확정!'

TV 화면에 당선 확정 글귀가 떠올랐다. 역시나 이변은 없었다. 박경파의 당선이 확정되고 말았다. 구미의 발전을 위해서는 여당의 국회의원이 되는 것이 이익이기는 했다. 하지만 그 의원이라는 사람이 박경파.

상두는 '끙' 하는 한숨을 내쉬었다.

물론 박강석도 마찬가지였다. 그는 일전에 다친 팔이 다 나았음에도 시큰한 듯 매만졌다. 사실은 팔이 아픈 것이 아니라 마음이 불편한 것이었다.

"후우……."

상두는 한숨을 내쉬었다.

"대체… 이 나라는……."

도대체 이 나라는 어떻게 되려고 이 모양이란 말인가. 저렇게 권력의 개가 된 자를 국회의원에 앉히다니. 300명이나 되는 국회의원 중에서 제대로 된 정치 마인드를 가진 자들은 몇이나 될까?

하지만 신기한 것은 정치판이 그렇게 썩었는데도 나라는 돌아간다는 것이었다. 요즘 경기가 그리 좋지는 않지만 이 나라만의 이야기는 아니었다. 글로벌 경제위기라고 최강국 미국마저도 경제가 휘청거리는 판이다. 그런데도 꾸준히 성장하는 모습은 정말 아이러니였다.

대륙에 있을 때와는 정말 판이하게 다른 현상이었다.

그가 대륙에 있을 때에도 위정자들의 부패는 꽤 있었던 일이었다. 어디든 위정자가 부패하는 것은 흔한 일이다. 하지만 위정자들이 부패하면 그 나라는 분명히 근시일 내에 망한다. 그것은 한 성의 영주라고 해도 마찬가지였다. 그렇기에 많은 위정자들이 썩어지지 않으려 노력하고 또 노력했다. 그래야 나라가 유지되니 말이다.

이 나라는 위정자가 썩어도 나라가 굴러가니 그들이 바뀔 생각을 절대 하지 못하는 것이었다. 절로 한숨이 나오는 순간이었다.

'달라도 너무 다르군……'

상두는 고개를 절레 흔들었다.

박상석은 냉상고에서 맥수를 꺼냈다. 이 순간 술 한잔이 절실했다.

"한 캔 할래?"

맥주캔을 상두에게 내밀었다.

상두는 고개를 끄덕였다. 의외였다. 그는 술을 입에 대지 않는 사람이었다. 그런데 오늘은 술이 고픈 모양이었다. 박강석과 똑같은 마음일 것이다.

"세상이 나를 술을 먹게 하는구만."

상두는 고개를 절레절레 흔들며 맥주캔을 받아 들었다.

"어쩔 수 없잖아. 이 나라 정치판이 그런 것을······."

강석은 맥주캔을 따서 꿀꺽꿀꺽 들이켰다.

"크으! 그나저나 이제 조심해야겠어."

박강석의 말에 고개를 상두는 고개를 끄덕이며 말을 이었다.

"그러게 고집 피우고 그곳에 있어서는 될 일이 아니었어. 이제 국회의원까지 됐으니 박경파는 가만히 있지 않을 거야."

김영현 습격사건 이후에 상두의 고집으로 박강석은 기숙사로 옮겼고 그것을 만족하는 중이었다.

"이곳에 있는 것이 가장 안전해."

상두 그렇게 읊조리고는 맥주캔을 따서 한 모금 들이켰다.

"역시 쓰군······."

상두는 인상을 찌푸렸다. 역시나 그는 술이 입에 맞지 않았다.

"술이니까 쓰지."

"이 쓴 것을 왜 마시는지 모르겠네."

상두는 이 쓴맛에 혀를 내둘렀다.

"인생도 마찬가지 아닌가? 인생이 쓰다고 해서 살아가지 않는 사람은 없잖아. 나도 가끔 철학적인 말을 하지?"

박강석은 그렇게 시시덕거리며 맥주캔을 마셨다.

상두는 더 이상 맥주를 마시지 않고 텔레비전만 보았다. 화면에서 웃고 있는 박경파의 모습에 화가 울컥 치밀어 올랐지만 참아냈다. 그들은 채널을 돌려 예능프로그램을 보기 시작했다.

CHAPTER **02**
끝장내다 (1)

박경파가 결국은 국회의원이 되었지만 그렇게 큰 소동은
없었나.

　처음에 국회의원이 되면 상두의 사업에 탄압이 있을 것이
라고 생각했다. 초선 의원이라고는 하지만 이성만의 힘을 등
에 업었으니 기고만장할 것이라고 생각한 것이다.

　하지만 실제로는 예상 외로 흘렀다.

　아무래도 국회의원이 되자마자 자리를 잡아야 하니 박강
석을 신경 쓸 겨를이 없을 것이다. 그가 지금 무엇보다 중요
한 것은 국회의원으로서의 입지기반을 다지는 것이었다. 이

성만의 힘을 업었다고 하지만 그는 다른 국회의원들이 볼 때 낙하산 인사나 똑같아 보일 것이다.

하지만 긴장의 끈을 놓을 수는 없었다. 언제 박경파가 들이닥칠지 모른다. 어떠한 방법이 됐든 그는 집요할 것이다.

박경파와의 상황이 어떻게 되었든 간에 그 와중에도 상두는 구미지역의 공장에서 여러 가지 계약을 따냈다. 박경파가 국회의원이 되어 구미에 대한 신경이 조금 누그러진 틈을 탄 것이다. 덕분에 상두는 사업을 더욱더 넓힐 수가 있었다.

상두는 사업 확장 기념으로 각 조장과 중역이라고 할 수 있는 사람들을 불러 회식을 했다.

그들의 노고를 치하하기 위해서였다. 이 사람들이 없었다면 이 사업을 이렇게 크게 확장시킬 수 없었을 것이다.

"자, 한 잔씩 받아."

그는 철진과 창수에게 술을 따라주었다.

철진의 경비 네트워크의 확립은 회사의 핵심이었다. 그가 확립한 이 네트워크는 이미 저작권을 등록해서 굿 디펜더만 사용할 수 있었다. 거기에 창수의 여러 가지 무기 제작 능력이 더해지지 않았더라면 이 회사는 세워지지 않았을 것이다.

"자, 박 형, 황 형도."

그는 박강석과 황장엽에게도 술을 따라주었다.

초반에 황장엽이 사람을 이끌고 오지 않았더라면 상당히

고생을 했을 것이다. 그리고 박강석이 몰려드는 사람들을 제대로 관리하지 않았더라면 회사는 이만큼 커 나가지 않았을 것이다.

상두는 모두의 공을 치하하며 술을 한 잔씩 따라주었다.

"자, 우리 굿 디펜더는 더욱더 도약할 것입니다! 우리 굿 디펜더를 위해서 건배를 하죠!"

상두가 잔을 들었다.

그러자 일제히 잔을 들었다.

"우리 굿 디펜더의 번영을 위하여!"

"위하여!"

상두와 직원들은 건배를 했다.

그의 건배대로 굿 디펜더에 영원한 번영이 있을 것이라 상두는 그렇게 생각했다.

회식은 즐겁게 진행되었다.

모두들 왁자지껄하게 고기를 굽고 술을 마셨다. 오랜만의 회식은 그들에게 활력소 같은 느낌이었다. 그간 회사가 많이 바빠 이런 자리를 마련하지 못한 탓이라고 상두는 미안함을 감출 수가 없었다.

상두 역시 무척이나 즐거웠다.

떡갈비 사업이 그렇게 몰락하고 이제 살 길이 없다고 생각한 그였다. 하지만 사람이 정신만 바짝 차리면 이렇게 돌파구가 생긴다. 역시나 살길이 생겼고 그는 열심히 내달렸다. 결과는 역시나 좋았다.

하지만 정신을 바짝 차린다고 하여도 사람들이 모이지 않았더라면 이렇게 되지 않았을 것이다. 그는 여기 있는 모두에게 감사하고 있었다. 사람의 도움을 감사하지 못한다면 제대로 성공한 삶을 살 수 없을 것이다.

상두는 의례적으로 술을 마셨다.

자리가 자리인 만큼 그는 굉장히 술을 안 마실 수 없었던 것이다. 그는 즐겁게 한두 잔 마시다 보니 취기가 오르기 시작했다.

그대 그의 휴대폰이 울렸다. 상두는 중요한 전화가 아니면 끊으려 휴대폰을 꺼냈다. 발신인은 구미지부의 담당자였다. 끊을 수가 없었다.

"네, 접니다."

상두의 얼굴이 굳어졌다. 상두의 얼굴이 굳어지자 모두들 그를 주시했다.

"네? 구미 공장에 불이 났다구요!"

그는 벌떡 일어났다. 오르던 취기가 순식간에 사라졌다. 그의 외침에 당황한 박강석이 물었다.

"무슨 일이야?"

전화를 끊은 상두는 침통하게 입을 열었다.

"우리와 계약한 공장 중 하나가 불이 났다고 하는군. 방화로 추정된다는데……."

방화!

다른 이유에서의 화재가 아닌 방화!

방화라면 경비업체인 굿 디펜더가 모든 것을 덤터기를 써야 할지도 모르는 상황이었다.

상두는 자리에서 일어났다.

더 이상 회식을 진행할 수 있는 상황이 아니었다. 모두들 걱정이 되는지 웅성이기 시작했다.

"황 형이 나와 함께 가줘야겠어."

황장엽은 고개를 끄덕이며 자리에서 일어났다. 역시나 이런 일에는 사교성이 좋은 황장엽이 적당할 것이다.

"나도 같이 가겠어."

박강석도 나섰다.

"박 형은 안 돼."

상두는 단칼에 쳐냈다. 하지만 박강석은 고집을 꺾을 생각이 없는 듯했다.

"구미의 사정은 사장보다 내가 더 잘 알아."

그의 말이 틀리지는 않았다. 그가 구미에서 꽤나 많은 사람을 알기 때문에 도움이 될 수가 있었다. 하지만 박경파의 수중에 들어가 있는 구미라고 할 수 있으니 강석은 위험할 수가 있었다.

상두는 고민했다.

그가 따라가면 여러모로 도움이 될 것이다. 하지만 그가 위험할 수도 있었다.

"알았어, 박 형. 같이 갑시다."

상두는 그렇게 결정을 내렸다. 본인이 함께 가는데 큰일이야 있겠냐는 생각을 한 것이다. 이번은 다른 일과 다르게 모두가 함께 움직여야 하니 말이다.

그들은 자리에서 일어나 식당 밖을 빠져나갔다.

"무슨 일이래?"

철진과 창수는 서로를 바라보며 알 수 없다는 듯 혀를 끌끌 찼다.

호사다마라고 했던가?

역시나 좋은 일 뒤에는 꼭 나쁜 일이 따라 붙는다. 모두들 갑자기 구미에 불어 닥친 사건에 기분이 좋지 않은 듯 회식자리에서 일어났다.

상두는 지체하지 않고 구미로 향했다.

밤늦게 구미에 도착했고 그들은 모텔방을 잡아서 일단 쉬기로 했다. 지금은 너무 늦어서 관계자를 만날 수가 없었던 것이다.

오랜만에 고향으로 돌아왔지만 여러 곳을 다녀볼 생각을 하지 못했다. 상두는 오직 일단 구미지부를 향해야겠다는 생각뿐이었다.

다음 날 그들은 굿 디펜더 구미지부로 향했다.

사무실은 난장판이었다. 사원들 모두 발을 동동 굴리고 있었다. 하지만 답이 나오지 않는 것 같았다. 역시나 본사의 도움의 손길이 필요하다.

이 상황에서 본사의 사장과 임직원이 오니 그들을 구원자를 바라보듯 했다.

구미지부장의 얼굴은 심하게 굳어져 있었다. 그동안 잠도 제대로 자지 못하고 씻지도 못했는지 사람 꼴이 말이 아니었다.

"오셨습니까, 사장님."

"그래요, 상황이 어떻게 된 겁니까?"

상두의 물음에 그는 침통한 표정으로 대답했다.

"방화로 추정되는 불이 났습니다."

방화라는 말에 상두는 한숨을 내쉴 수밖에 없었다.

잘못 들었을 것이라고 생각하며 이곳에 온 것이다. 하지만 역시나 방화.

전기나 여러 가지 화학약품 때문에 불이 났다면 굿 디펜더의 책임이 아니었다. 그것은 공장의 책임인 것이다. 하지만 방화라면 이야기가 달라진다.

방화를 하려는 사람들을 제대로 잡아내지 못했다는 말이 되니 말이다. 모든 것을 감시하고 사전에 차단한다는 굿 디펜더의 설명과는 대치되는 상황이었다.

"인명피해는 없습니까?"

"다행히 신속한 대피로 인해 부상자도 나오지 않았습니다."

그 점은 다행이었다. 인명피해까지 났다면 일은 더욱더 복잡해지니 말이다.

상두는 안도의 한숨을 내쉬었다.

"일단 공장 사주를 만나야 될 것 같군요."

상두의 말에 지부장은 고개를 끄덕였다. 사장과 직접적으로 이야기를 해야 실타래가 풀릴 것이다.

"안 그래도 사장님이 오신다는 말에 오늘 이곳으로 찾아오시기로 했습니다."

지부장의 말이 무섭게 문이 열렸다.

작업복을 입은 우악스럽게 생긴 남자가 다짜고짜 외쳤다.

"누가 대표야!"

"접니다."

상두의 대답에 그는 상두의 멱살을 거머쥐었다. 박강석과 황장엽이 나서려는 것을 상두가 손을 들어 말렸다.

"어떻게 할 거야! 그 공장은 내 전부였단 말이야! 내 전 재산 다 날리게 생겼어! 어떻게 할 거야!"

"죄송합니다. 어떻게든 보상을 해드리겠습니다."

상두는 죄송하다는 말만 되풀이 했다.

어차피 보험에 가입이 되어 있었고 일정 부분 지급될 것이다. 게다가 굿 디펜더도 책임을 지고 일정 부분 감당해야 한다. 그렇게 되면 공장에도 그리 큰 손실은 아닐 것이다.

물론 굿 디펜더의 자금사정에도 그리 큰 타격은 아니었다. 하지만 가장 큰 타격은 바로 회사의 이미지였다. 구미에 이제 발을 디뎠는데 이런 불미스러운 사건으로 구설수가 입에 오르내리면 안 된다. 계약이 더 이상 진행되지 않을 수도 있고, 맺은 계약이 끊어질 수도 있으니 말이다.

어떻게든 사장을 진정시켰다.

박강석이 알고 보니 고등학교 동창이라는 것이 가장 큰 요인이었다. 역시 한국에서는 학연과 지연은 무척이나 도움이된다. 박강석이 구미에 같이 온 것이 다행이라고 생각했다.

사장은 돌아갔다.

구미지부장은 안도의 한숨을 내쉬었다.

이걸로 발등의 불이 하나 꺼진 셈이었다. 하지만 상두는 인상을 펴지 못했다. 구미지부의 실수는 쉽게 넘어갈 수 있는 문제의 것이 아니었다. 보안업체는 한 치의 실수도 용납할 수가 없었다. 실수는 고객의 안전에 문제로 작용한다. 그것은 보안회사로서는 크나큰 이미지 타격이다.

"도대체 일을 어떻게 한 겁니까?"

상두가 문책을 할까 말까 고민하던 차에 황장엽이 나섰다. 그의 말에는 약간의 노기가 깃들어져 있었다. 역시나 급한 성질이 참지 못하고 내질러진 것이다.

"진정해, 황 형."

상두는 그를 제지했다. 아무리 실수를 했다고는 하지만 자초지종은 들어봐야 하지 않겠나. 무턱대고 화를 내는 것은 상사가 할 일이 아니다.

"상황이 어떻게 된 겁니까?"

상두의 물음에 지부장이 힘겹게 입을 열었다.

"저도 모르겠습니다. CCTV를 계속 확인해도 의심이 되는 사람들이 없었습니다. 계속 사원들만 왔다 갔다 했는데 말입니다. 게다가 등록되지 않은 사람이 입장하면 저희에게만 경보가 울리고 신원이 확인되는 시스템 아닙니까. 하지만 그런 경보도 없었습니다."

지부장의 말에 상두는 한숨을 내쉬었다. 그렇다면 내부의 원한 가지고 있는 사원의 짓이란 말인가?

그렇다면 CCTV나 굿 디펜더의 시스템이 방화범을 걸러내지 못한 것이 당연할지도 모른다. 어디에도 실수는 없었던 것이다.

지부장이 거짓말을 하는 것 같지도 않았다.

"그럼 우리가 일단 CCTV를 좀 확인해야 될 것 같군요."

상두의 말에 지부장은 약간 인상을 찌푸렸다. 자신을 못 믿는다는 것이 기분이 나빠진 것이다.

"너무 기분 나빠 하지 마세요. 의례적인 것이니까."

상두의 말에 지부장은 고개를 끄덕이며 대형화면에 CCTV를 다중으로 띄워 놓았다.

"흠⋯⋯."

상두는 CCTV를 뚫어져라 쳐다보았다.

화면 중에는 아무런 잘못된 점을 찾을 수가 없었다. 물론 CCTV에도 사각지대는 존재한다. 하지만 굿 디펜더의 CCTV는 그런 것들을 모두 계산해서 카메라를 설치한다. 그런데도 방화범이라 생각되는 자를 찾아낼 수가 없었던 것이다.

몇 시간을 바라보았다.

그러자 박강석이 갑자기 눈을 크게 떴다.

"응? 저놈은?"

그의 말에 상두는 물었다.

"왜 그래?"

"저놈 분명 고대파 조직원인데?"

상두는 놀라고 말았다.

박경파의 조직원이란 말인가?

"잠깐! 저기서 멈춰 봐요."

상두 역시 그 조직원이라는 사람을 바라보았다. 상두 역시 잘 알고 있는 사람이었다. 조직에서 떠오르는 인물 중 하나였던 것이다.

"흠……."

상두는 생각에 잠겼다. 저 사람이 범인이라고 생각하는 모양이었다. 보통의 조직은 쫓겨나지 않는 이상 조직에서 빠져나올 수가 없다. 조직의 일도 하기 바쁜데 어떻게 하지만 그렇다고 확실한 증거 없이는 사람을 의심하여서는 안 된다.

다음 날 상두 일행은 박강석의 안내로 CCTV에 나온 고대파의 조직원의 집으로 향했다. 불이 난 직후 바로 그 조직원으로 추정되는 직원은 사직서를 낸 것이었다. 의심스러워도 너무 의심스러웠다.

"역시 모든 원인이 근원은 박경파인가."

황장엽의 말에 상두와 강석은 벌래 씹은 인상을 보였다. 그들에게 박경파는 정말로 듣기 싫은 이름이다.

그들이 향한 곳은 인동의 원룸촌.

때마침 저 멀리 건물에서 누군가가 나오는 것을 발견할 수가 있었다. 그는 바로 CCTV에 찍힌 그 조직원이었다.

"저 새끼!"

박강석이 그를 잡기 위해 빠르게 내달렸다.

"어!"

그를 발견한 조직원은 냅다 달리기 시작했다. 무언가 걸리는 것이 있으니 그러는 것이 아닐까?

박강석은 전력질주를 했고, 앞에 내달리던 조직원은 빙판에 미끄러져 그대로 넘어졌다.

그것을 놓치지 않고 박강석은 날아올라 그를 잡았다.

"잡았다! 요놈!"

박강석이 그를 제압하자 상두가 도착했다. 그에게 조직원의 얼굴을 보이게 박강석은 머리채를 잡고 들어 올렸다.

"네놈이 불을 질렀나?"

상두의 물음에 그는 별다른 대답을 보이지 않았다.

"역시나 말로해서는 안 되겠구만."

황장엽이 옆에 있던 나무 막대기 하나를 주워들었다. 금방이라도 내려칠 기세였다.

"왜 그랬어?"

상두의 물음.

조직원은 영문을 모르겠다는 듯 눈을 크게 떴다.

"왜 그랬냐고."

상두가 재차 이어지는 물음에도 그는 입을 열지 않았다.

"왜 불을 그랬냐고!"

상두는 그의 얼굴을 발로 걷어찼다.

"크억!"

강렬한 고통에 그는 몸을 뒤틀었다. 하지만 박강석의 제지로 몸부림마저도 허용되지 않았다.

"지금 사람들이 지나다니는 곳이라고 내가 너에게 제대로 못할 것 같지?"

상두의 물음에 그는 입에 고인 피를 퉤 뱉었다.

"해볼 테면 해봐. 나 무서운 거 없는 사람이야."

그렇게 읊조리며 조직원은 징그럽게 웃는다.

그의 태도에 상두는 눈짓했다. 박강석은 그를 일으켜 어디론가 끌고 갔다.

인동의 뒷동산이었다.

산이 높지도 낮지도 않아 등산하는 사람들도 없었다. 가끔 밭이나 과수원을 보러 오는 사람들도 있었지만 겨울인 지금은 거의 사람들이 오지 않는다고 봐야 하는 곳이다.

상두는 그를 노려보았다.

"왜 그랬지? 왜 공장에 불을 냈지?"

상두는 그를 노려보았다.

그의 눈빛에 조직원은 움찔했다.

공포를 넘어서 한기가 느껴지는 눈빛이었다. 저런 눈빛이라면 그를 죽일 수도 있을 것이다, 라는 공포감이 몰려들었다. 아무리 그가 막나가는 조직원이라고는 하지만 죽는 게 무서운 것이 사실이었다.

하지만 그는 입을 열지 않았다. 아무래도 공포감 때문이라도 거짓을 고할 텐데 그는 고하지 않았다.

상두는 차가운 눈빛으로 그를 마구 구타하기 시작했다. 그 모습이 얼마나 무서운지 주변에 있던 황장엽과 박강석도 나서지 못할 정도였다. 이대로 두면 사람이 죽을 것만 같았다. 하지만 상두도 생각이 있는 사람이다. 대답을 할 수 있을 정도로만 힘을 남겨두고 구타를 그만두었다.

그는 오줌을 질질 싸며 입을 열었다.

"회, 회장님께서 시켰습니다!"

역시나 박경파.

그가 상두의 사업에 태클을 건 것이다. 예상은 하고 있었지만 확인하고 나니 상두는 또다시 화가 치밀어 올랐다. 하지만 그런 화를 누그러뜨리고 조용히 입을 열었다.

"박경파에게 전해라. 곧 내가 찾아간다고."

상두의 말에 조직원은 그저 고개를 끄덕일 수밖에 없었다. 지금 다른 말을 했다가는 상두의 손에 죽을 것만 같았다.

박경파는 눈코 뜰 새 없이 바빴다.

국회의원이 그저 편한 자리라고 생각했지만 그리 만만한 자리는 아니었다. 방송에서 봤을 때는 그저 한가하게 노닥거리는 것이 다였는데 말이다. 하긴 그래도 나라를 대표하는 300인 중에 하나이니 한가한 것이 더 이상하다.

가방끈 짧은 그가 국가의 일을 하려니 힘에 부치는 것도 사실이었다. 하지만 이성만의 도움으로 유능한 보좌관과 비서관을 구할 수 있어 한시름 놓았다. 사실 모든 일은 보좌관과 비서관이 하는 것이 아닌가.

"아직… 맛은 모르겠군."

구미로 내려가는 차 안에서 그는 읊조렸다.

초선 의원이라서 그런 것인가?

아직은 그렇게 권력의 맛을 잘 알 수가 없었다. 그런 것을 기대한 박경파는 약간 실망한 것도 사실이었다. 초선 의원에게 권력의 달콤한 맛이 바로 돌아오는 것은 아니었다.

국회의원에 입성했지만 이성만을 뒤에 업었지만 권력의 일선에 올라설 수 있는 것은 순전히 본인의 실력이기 때문이다. 게다가 이성만을 업은 자들은 그만이 아니다. 여당에는 과반수 가까이라는 소문이 있었고, 야당에도 상당수가 그의 손아귀에서 놀아난다고 보면 된다.

"이제부터 치열한 권력투쟁의 시작인가?"

그는 정치판에서 닳고 닳은 자들을 이겨내야만 했다. 자신도 있었다. 그는 바닥부터 기어온 자이다. 은숟가락 물고 태어난 자들과는 차원이 다르다.

하지만 그는 걸리는 것이 하나 있었다.

"박상두… 이 자식……."

역시 박상두였다.

그는 박경파에게 안 좋은 감정이 남아 있었다. 게다가 그에게는 박강석의 자료가 있다. 그 자료의 파급력은 그의 의원직 상실까지 불러올 수 있었다. 어떻게든 그 자료를 손에 넣어야 했다.

"크윽……."

상두를 생각하니 그에게 당한 다리가 욱신거렸다. 그때의 상처는 아물었으나 다리의 기능은 제대로 찾을 수가 없었다. 아직도 그는 한쪽 다리를 절뚝거렸다.

이깃 때문에 그는 상두를 용서할 수가 없었다. 그런 굴욕은 그가 태어나서 처음으로 당해보는 것이었다.

박경파는 차에서 내렸다.

오랜만에 그의 지역구 사무실에 들렀다.

국회의원이 되고 처음이었다. 지역구 사무실을 지키는 사무장에게 격려도 할 겸 찾아온 것이다.

"여어. 신수 좋으시군요, 박 의원님."

누군가의 목소리가 들린다.

그는 박상두였다.

박경파의 얼굴에 경련이 일어난다.

상두에게 받은 굴욕이 생각나는 목소리였다. 다시금 다리가 욱신거리고 가슴 속에서 불이 확확 솟구친다. 하지만 가장 큰 감정은 두려움이다. 당시 상두가 보여준 원초적인 두려움은 그의 마음속 깊이 박혀 그를 괴롭히고 있었던 것이다.

하지만 박경파는 이제 국회의원이다. 상두가 어떻게 할 수 있는 위치의 인물이 아니었다. 박경파는 어깨를 폈다. 권력은 그렇게 사람의 입장을 강화시킨다.

"오랜만이로군. 상두 군."

그는 지팡이를 짚고 앞으로 걸어갔다.

상두에게 악수를 청했다. 상두는 박경파의 여유에 쓴웃음을 지으며 악수를 받아주었다. 두 사람 다 정말로 하기 싫은 악수일 것이다.

"사무실에 들어가서 이야기할까?"

"아뇨. 지체 높으신 당신의 사무실에 어떻게 들어갑니까."

그의 제의에 상두는 거절했다.

"그런가?"

박경파는 기분이 약간 상했는지 이죽거렸다.

"오랜만에 회포나 풀려고 했더니만……."

"당신과 풀 회포 없습니다."

물론 박경파도 풀 회포는 없었다. 하지만 쌓인 것이 많기로
는 상두가 더 많을 것이다. 상두는 그를 계속해서 노려보았
다.

"나를 찾아온 이유는?"

박경파의 물음에 상두는 묘한 웃음을 보이며 대답했다.

"아시지 않습니까? 우리의 사업에 또 방해를 놓으셨더군
요."

"아? 사업이 번창하라고 불 한번 놔줬지. 기분이 안 좋던
가?"

"상당히 기분이 안 좋더군요. 덕분에 저의 사업에 찬물이
정확하게 끼얹혀졌습니다."

상두는 웃으면서 말했지만 이를 바득 가는 것이 눈에 보일
정도로 분노하고 있었다.

"경고였다. 앞으로 나의 앞길에 장애물을 놓는다면 네놈의
사업 전체를 없애 버릴 수도 있다는 의지의 표명이지."

"의원이 되시더니 굉장히 표현력이 좋아지셨군요."

상두는 그에게 비아냥거렸지만 박경파는 감정적으로 말려
들지 않았다.

"위치가 위치다 보니."

"네, 기다리십시오. 그 위치에서 금방 내려오게 만들겠습
니다."

상두의 말에 그는 잠시 동안 눈이 파르르 떨려왔다.

역시나 건물 하나 태웠다고 꿈쩍할 박상두가 아니었다.

"역시나 내가 자네를 너무 과소평가를 했나 보군. 미안하네."

약간은 수그러드는 박경파.

급할수록 돌아가라고 했다. 지금은 상두에게 강하게 나가봤자 도움이 될 것은 없다.

"후후. 역시나 꼬리를 내리시는군요. 그렇다고 해서 당신을 용서하지는 않습니다. 기대하셔도 좋습니다."

상두는 그렇게 말하고 뒤돌아섰다.

박경파는 그를 바라보며 지팡이를 강하게 쥐었다.

어떠한 방법으로 자신을 괴롭힐지 생각하니 두려움이 밀려온 것이다.

*   *   *

늦은 밤 굿 디펜더 본사.

본사의 운동장 위에 누군가가 서 있었다. 기숙사도 있고 하다 보니 운동장은 꽤나 넓었다. 이 넓은 운동장을 그 누군가는 신기한 듯 이리저리 쳐다보았다.

"한번 침입을 시작해 볼까!"

그는 이곳의 보안을 뚫기 위해 들어온 침입자인 것 같았다.

이곳은 절대적인 방어를 자랑한다.

개미 한 마리조차 허가 없이 들어올 수 없을 정도로 촘촘하게 보안이 잘 되어 있었다. 그것이 조금씩 알려짐에 따라 이렇게 무모하게 도전하는 도둑이 꽤나 있었다. 벌써 그런 도둑 몇 명이 경찰서로 연행 되었다.

하지만 그렇게 철저한 방어를 자랑하는 철옹성이라도 빈틈은 존재한다. 그리고 이런 촘촘한 보안시스템에도 사각은 존재한다.

일단 그는 그 사각을 잘 알고 뚫고 들어온 것이었다. 이것 하나만으로도 그는 꽤나 실력이 있는 도둑이라는 것을 알 수가 있었다.

그가 향하는 곳은 이곳 역시나 사무실이었다. 노리는 것은 아무래도 금전인 것일까?

그는 운동장을 저벅저벅 걸어갔다.

건물 안으로 들어가기 전까지는 보안상 별 경보가 울리지 않을 것이다. 그때까지는 여유를 부릴 수 있었다.

그는 건물 앞에 선 후 품에서 도면을 꺼내 펼쳤다. 아무래도 사전에 다 외운 듯 했지만 그래도 제대로 다시 한 번 확인 차원이었다.

그는 다시 도면을 품에 집어넣고는 CCTV를 바라보았다.

그것을 보고는 훗 소리를 내며 웃더니 빠르게 건물 안으로 뛰어 들었다.

그는 보안장치가 있는 곳을 교묘히 피했다.

원래 장치가 설치된 것을 알고 있다기보다는 본능적으로 모조리 피하는 느낌이었다. 가끔 어떤 분야에 천재들이 나타나듯 이자는 이런 류의 천재인 것이다.

그는 빠르고 손쉽게 사무실에 도착할 수가 있었다.

이곳은 굿 디펜더 사장 박상두의 사무실로서 회사의 기밀이 있는 금고가 위치한 곳이었다. 금전을 털러 온 것이 아니라 이곳의 기밀을 가지러 온 것이다.

이곳 굿 디펜더는 신생 보안업체 치고는 굉장히 신기술이 많은 것으로 알려져 있다. 당연히 군침을 흘리는 업체들도 꽤나 있을 터.

그는 금고 앞에서 손을 풀었다.

디지털도어락에 무언가 기계 장치의 전선을 연결했다. 그러고는 전선에 연결된 기계장치를 조작하기 시작했다.

얼마쯤 지났을까?

도어락의 비밀번호가 저절로 눌려지며 금고의 문이 열렸다.

"오호. 생각보다 알고리즘이 복잡하잖아. 이것을 설정한 사람도 꽤나 실력이 좋은데?"

그는 잠금 장치를 발명한 사람에 대한 찬사를 아끼지 않았다. 하지만 이미 그로 인해 풀려났으니 의미 없는 찬사였다.

그는 금고 안의 서류를 이리저리 매만졌다. 하지만 그는 정말로 회사에 기밀이 될 만한 것들은 모두 지나쳤다.

그가 꺼낸 것은 바로 박경파의 관련 자료였다.

"여기 있군."

그는 그것을 백팩에 집어넣고는 일어섰다.

그때!

"꼼짝 마!"

그는 두 손을 들었다.

굿 디펜더의 사원들이 들이닥친 것이다. 역시나 보안업체다운 발 빠른 대처였다.

"역시나 튼튼한 보안업체로구만. 금방 이렇게 찾아오셨어들!"

그는 뒤를 돌아서 공중으로 껑충 뛰어 오르더니 창가에 섰다. 직원들은 그를 향해 슬라임건을 겨눴다.

"꼼짝 마라. 움직이면 쏜다."

"쏴보셔."

굿 디펜더의 직원들은 슬라임건의 방아쇠를 당겼다. 하지만 그는 창문에서 홀쩍 뛰어 내렸다. 애꿎은 창틀에 슬라임건의 액체가 가득 묻어났다.

"저 녀석이!"

직원들은 당황하여 창문 아래를 내려다보았다.

이미 침입자는 빠르게 운동장을 내달리고 있었다. 대기하고 있던 직원들이 나서서 그를 잡으려 했다. 하지만 놀라운 반사 신경과 평형감각으로 모두 피하고 있었다. 그를 웃도는 운동신경을 가진 자는 직원들 중에 없었던 것이다.

"나를 잡으려면 십년은 더 몸을 만들어라, 이 굼벵이들아!"

그는 담을 훌쩍 뛰어 넘어 달아났다.

직원들은 그의 신출귀몰한 행동에 혀를 내둘렀다.

하지만 이윽고 걱정이 몰려왔다. 보안회사의 중추라고 할 수 있는 본사가 털렸으니 사장과 임원들에게 분명히 '까일' 것이 분명했다.

"하하하! 굿 디펜더도 별거 아니구만!"

침입자는 즐거운 듯 웃음을 보이며 내달렸다.

철옹성이라고 생각한 곳을 생각보다 쉽게 열었던 것이다. 그에게는 지금의 쾌감이 세상 그 어느 때의 것보다 더 짜릿했다. 여자들의 성관계 시 오르가즘이란 것이 바로 이 기분일 것이라고 그는 생각했다.

그는 이제 답답한 듯 복면을 벗어던졌다. 하지만 그렇게 내달리던 그는 걸음을 멈출 수밖에 없었다.

"어디를 가시나, 도둑 양반."

침입자는 씁쓸한 웃음을 보였다.

그의 앞에서 슬라임건을 개조한 슬라임피스톨을 들고 있는 박강석의 모습이 보였기 때문이었다. 그의 뒤로 상두가 나무에 기대어 그를 바라보고 있었다. 그 두 사람이 누군지 알 수는 없었지만 침입자는 일단 굿 디펜더의 인사라는 것을 느끼고 두 손을 들었다.

"박경파가 시켰나?"

상두의 물음에 그는 고개를 절레 흔들었다.

"박경파? 모르는 이름인데!"

그는 능청스럽게 대답하고는 바닥에 무언가를 던졌다.

그것을 퍼엉 하고 터지며 연기를 자욱하게 만들었다.

연막탄이었다.

"그런 건 나를 잡고 나서니 물어보시지그래!"

침입자는 신나게 도망치려 다리에 발동을 걸었다. 하지만 그는 움직일 수가 없었다. 그의 목덜미를 누군가가 잡은 것이다.

"잡았으니까. 물어봐도 되겠지?"

목덜미를 잡은 손아귀는 바로 상두였다.

"제기랄!"

침입자는 당황했다.

"도대체가! 어떻게 나를 잡은 거지? 내 뒤에 어떻게 기척 없이 들어선 거야!"

"한낱 도둑의 뒤를 잡는 것은 그리 어려운 일이 아니지."

상두는 그의 팔을 꺾었다.

"일단 사무실로 가는 게 좋겠다, 사장."

박강석의 말에 상두는 고개를 끄덕였다. 이자에 대해서 심문하려면 이런 밖보다는 역시 회사가 좋을 것이다.

상두가 고개를 끄덕이자 박강석은 침입자의 두 손을 슬라임피스톨로 쏘았다. 순식간에 그의 손은 슬라임건 액체의 수갑에 둘러싸였다.

"으힉! 이 미끌거리는 건 뭐야!"

"시끄러워."

박강석은 그의 뒤통수를 때리고 그를 회사로 이끌었다.

회사에 도착한 상두와 강석은 그를 창고로 데려갔다. 마치 경찰이 취조하듯 테이블을 마련해 앉아 그를 노려보았다.

"내가 올 거라는 것을 어떻게 안 거야?"

하지만 먼저 질문을 한 것은 침입자였다.

"이미 알고 있었다."

"……!"

상두의 대답에 침입자는 눈을 크게 떴다. 어떤 곳에도 그의 동태에 대해서 알린 적이 없었다. 그는 은밀하게 움직이고 또 은밀하게 일을 수행한다. 정보가 새나갈 리가 없었다.

"놀랐나 보지? 우리의 정보력을 무시하지 말라고. 이미 박경파의 일거수일투족을 감시하고 있지. 덕분에 당신과 접촉한 것을 알 수가 있었지. 대도 조상현 씨."

상두의 말에 침입자 조상현은 웃음을 보였다. 생각보다 더 대단한 회사를 그는 상대를 한 것이다.

"내 소문이 이곳까지 들어간 거야? 케케케."

조상현은 이상한 웃음소리를 내며 웃었다. 허세였다. 상두는 그의 허세를 받아주지 않고 바로 물었다.

"박경파에게 얼마 받은 거야?"

상두의 물음에 그는 손가락 두개를 폈다.

"이천? 고작?"

"아니, 이억."

상두는 눈을 크게 떴다.

아무리 소중한 자료라지만 실패 확률도 있는 사람에게 이억이라는 거금을 주었단 말인가?

"국민의 세금을 잘 수탈하고 있는 모양이구만……."

상두는 혀를 끌끌 찼다.

"아니. 이억을 준다고만 했지. 선수금으로 오천만 원을 받았다. 나머지 1억 5천은 일이 성사되면 준다고 하더군."

"그러면 그렇지."

박강석은 코웃음을 쳤다. 그는 박경파를 곁에서 가장 오랫동안 지켜봐온 사람이다. 그가 외부인에게 그런 거액을 줄 위인이 못 된다는 것을 그는 잘 알고 있었다. 역시나 그는 짜게 굴었다.

"그렇다면… 내가 제안을 하나 하지."

"제안?"

상두의 제안이라는 소리에 조상현의 귀가 번쩍 뜨였다. 조상현은 다리를 꼬고 앉아 거만한 자세로 말을 이었다.

"일단 들어나 봅시다."

상두는 헛웃음을 보이며 대답했다.

"일단 내가 칠천을 주지. 그리고 성공하면 오천을 더 주겠어."

상두의 딜에 구미가 당기는 것 같았다. 하지만 일단 모든 일에는 흥정이 중요하다. 조상현은 흥정을 위해 튕기는 척 했다.

"하지만 난 이번 일을 성공하면 일억 오천을 더 받기로 했는데?"

"실패했잖아?"

상두의 되물음에 조상현은 더 이상 대답할 수가 없었다. 상두의 눈빛을 보니 도저히 흥정이 통할 사람 같아 보이지 않았다.

"이미 실패했으니 박경파에게 돈을 받을 수 없을 거야. 그러니 내가 제안을 하지. 박경파의 비리에 관련된 자료들을 찾아와. 어떤 것이든 좋으니까. 그게 내 제안이야."

상두의 제안에 조상현은 생각에 잠겼다.

나쁜 제안이 아니었다. 박경파의 보안이 오히려 이곳보다 허술하면 허술했지 더 단단하지는 않을 것이다. 분명히 성공할 수가 있었다. 성공하고 나면 한탕 크게 할 수 있을 것이다.

"좋아! 하지. 그런데 나를 믿는 거야?"

조상현의 물음에 상두는 잔인한 미소를 보이며 대답했다.

"내 정보력을 무시하지 말라고 했지? 만약 제대로 일을 처리하지 않을 시에는……."

그의 눈이 살기가 가득했다.

"당신의 가족이 큰 위험에 빠질 거야."

그의 눈에 조상현은 겁을 집어먹었다. 정말로 그렇게 할 수 있을 그런 눈빛이었다.

"조, 좋아. 알았어……."

그렇게 대도 조상현은 상두의 딜을 받아들였다.

*   *   *

다음 날 언론은 큰 사건을 맞이했다.

초선 의원인 박경파의 스캔들이었다. 전 언론사에 동일한 자료가 도착해서 석간 톱기사로 실었던 것이다.

내용은 그야말로 버라이어티했다.

살인교사, 살인방조는 물론이고 탈세에 고리대금까지.

게다가 국회의원이면서도 조직폭력배의 두목이기도 한 것이다. 예전 대한민국 정부 초기 시절에는 정치깡패를 동원했고 실제로 김두환은 국회의원이 되기도 했다. 그때야 나라의 기초가 제대로 다져지지 않았기에 가능한 것이다.

요즘도 암암리에 그런 일이 있을지도 모르겠지만 이렇게 수면 위로 올라온 것은 처음이라 모두들 충격을 금치 못했다.

"젠장!"

국회의사당에 마련된 박경파의 사무실.

박경파는 미친 듯이 신문을 구기기 시작했다. 상두에게 전해진 자료를 회수 못한 결과가 이런 것이다. 게다가 의뢰를 했던 조상현은 오히려 상두에게 넘어가 그의 자료를 더 훔쳐가기까지 했다.

게다가 당대표가 그를 불러 큰소리로 욕설까지 섞은 채 박경파를 나무랐다. 의원직 사퇴 압력까지 받았다. 이대로는 큰일이었다. 어렵게 얻은 의원직을 잃을 위기였다.

그는 일단 이성만을 만나기로 했다. 그의 도움이라면 이런 난관에서 벗어날 수 있을 것이다. 그는 어둠의 세계를 다스리는 자이다. 충분히 도움이 될 것이다.

그는 국회의사당 밖으로 나갔다. 그러자 그에게 기자들이 달려들었다. 이미 그들은 박경파를 만나기 위해 진을 치고 있었던 것이다.

"기사가 모두 사실입니까?"

"전직 조폭두목이라는 것도 사실입니까?"

기자들의 질문 공세.

박경파는 아무런 말이 없이 묵묵부답이었다. 그저 경호원에 호위되어 그들을 피할 뿐이었다.

경호원들의 도움으로 그는 안전하게 차량에 도착했다. 하루빨리 이성만을 만나야만 이 일이 매듭지어질 것이다.

"이성만 회장에게로."

그는 그렇게 짧게 말하고 시트에 몸을 맡겼다.

"제기랄……."

불안했다.

이대로 권력의 정점에 오르지도 않은 변두리에서 인생이 끝나야 한단 말인가. 이 자리까지 오르기 위해서 얼마나 더러운 것을 손에 묻혀야 했단 말인가.

차는 유유히 강원도 산골의 대저택에 도착할 수가 있었다.

"회장님 안에 계시는가? 내가 왔다고 전해주게."

문 앞의 경호원에게 박경파가 말했다. 하지만 그는 묵묵부답이었다.

"나야, 나. 박경파 의원이라고. 국회의원 박경파."

그제야 경호원은 입을 열었다.

"오늘은 아무도 들이지 말라는 회장님의 명령이셨습니다. 돌아가시죠."

그는 그렇게 말하고 다시 전방을 주시했다.

이성만은 그를 만나주지 않았다. 박경파는 갑자기 자신을 멀리하는 이성만으로 인해 불안감은 극에 달했다. 지금은 이성만만이 비빌 언덕이었다. 소가 비빌 언덕이 없으면 어떻게 되는 것인가. 그저 도살장에 팔려갈 것이다. 지금 박경파가 딱 그 격이었다.

"누구를 만나러 온 겁니까?"

뒤에서 들린 목소리에 박경파는 갑자기 몸이 떨려오고 치가 떨렸다.

"박… 상… 두……."

박경파는 그의 뒤를 돌아보았다.

철천지원수 박상두의 모습이 보였다. 그는 회심의 미소를 짓고 있었다.

"이성만 회장은 안 만나줄 겁니다. 당신은 이미 이용가치가 떨어졌으니까."

"왜 그랬지……?"

박경파의 물음에 상두는 고개를 갸웃거렸다.

"뭘 말입니까?"

"몰라서 묻는 거냐?"

"그러니까 뭐를 말입니까."

아무렇지 않은 듯 대화를 이어가는 상두의 모습에 박경파
는 결국 화가 나고야 말았다.

"왜 내 정보를 언론사에 뿌린 거지? 그날 이성만 회장 집
에서 내 다리를 빼앗아갈 때 우리의 원한은 끝난 게 아니던
가!"

그의 외침에 상두는 쓸쓸한 웃음을 지으며 이죽거렸다.

"끝나긴 뭐가 끝나요? 당신이 내 사업에 먼저 태클을 걸었
잖아."

상두는 아직도 그에게 남은 앙금을 지울 수가 없었던 것이
다.

"게다가 당신 같은 인간이 정치계에 있는 것을 국민의 한
사람으로서 볼 수가 없어서 말입니다. 피할 수 없으면 즐기라
는 말이 있죠? 지금의 시련을 한번 즐겨보십시오."

상두는 그렇게 문 앞에 섰다.

"나 박상두요. 회장님 만나러 왔소."

상두는 박경파가 보란 듯이 이성만 회장의 집으로 문을 열고 들어갔다.

그러자 아무도 들이지 말라고 했던 이성만이 상두는 만난다. 그것은 박경파를 고의적으로 따돌린다는 말이 된다.

박경파는 그런 상두의 모습을 허탈하게 바라보고 있었다.

CHAPTER **03**
끝장내다 (2)

상두는 이성만 회장과 독대를 했다.

늘 정원에서 보던 때외는 달리 그외 서재에서 이야기 중이었다. 서재는 고풍스럽게 꾸며져 있었는데 굉장히 아늑했다.

"저를 부르신 목적은?"

상두는 퉁명스럽게 물었다.

"차나 한잔 마시지? 보성 최고급 새작차일세."

"괜찮습니다."

상두는 이성만의 호의를 거부했다. 그래도 그는 아무런 표정의 변화가 없었다.

'속에 무엇이 들어 있는지 모를 늙은이.'

상두는 그렇게 속으로 뇌까렸다.

상두는 이성만 회장과 이렇게 얼굴을 맞대고 있는 것 자체가 싫었다. 이자는 아직도 용서할 수 없는 이동민의 할아버지가 아닌가. 게다가 박경파를 국회의원으로 만들고 나라를 더럽게 주무르는 자이다. 이렇게 앉아서 마주하는 것조차 구역질이 났다.

"도대체 저를 부른 목적이 뭡니까?"

"그저 자네가 얼마나 성장했는가 알고 싶어서지."

상두는 그의 대답에 상두는 헛웃음을 보였다.

"그런 이유로 바쁜 사람을 이렇게 부릅니까?"

퉁명스럽게 이야기하는 상두를 이성만은 뚫어져라 쳐다보았다. 이것은 마치 가지고 싶은 장난감을 마주한 어린아이의 표정이었다. 노인이 어린아이를 표정을 하니 굉장히 기괴한 모습으로 다가왔다.

"후후. 자네는 어째 내 앞에서도 떨지 않는 건가?"

그의 앞에서는 누구나 아첨을 떨고 또 두려워한다.

하지만 상두는 그렇지 않았다. 마치 혼자서 세상을 살아가는 돈키호테 같다고나 할까? 아니, 돈키호테는 아니다. 돈키호테는 그저 이상을 좇는 자일 뿐이다. 상두는 자신의 생각을 관철시킬 수 있는 충분한 힘이 있는 자였다. 그렇게 이성만은 상두가 더욱더 매력적이었고.

또.

가지고 싶었다.

이성만은 그를 계속해서 탐욕의 눈빛으로 바라보았다.

"자네가 내 손자라면 얼마나 좋을까?"

차를 마시던 이성만의 말에 상두는 콧방귀를 뀌었다.

"당치도 않는 소리입니다. 당신 같은 할아버지 밑에 있다면 그것 또한 고통입니다. 처절한 고통입니다."

이성만은 재미있다는 듯 웃음을 보였다. 하지만 이윽고 심각한 표정으로 상두를 바라보았다.

"내 후계자가 될 생각 없는가?"

갑자기 묻는 이성만의 말에 상두는 잠시 당황했다. 농담 같았지만 농담으로 보이지 않았다. 그가 이렇게 심각하게 묻는 것은 처음이었다.

후계자가 되라는 것은 그가 이룬 것을 모두 상두에게 물려주겠다는 말이 된다.

그는 어둠의 대통령.

그의 모든 것을 가진다면 이 나라에서는 어떠한 사람보다 더 높은 지위를 가지게 되는 것이다.

하지만 상두는.

"그런 생각 없습니다."

일언지하에 딱 잘라 거부했다.

그의 거절에 한층 더 놀랐는지 이성만은 눈을 크게 떴다. 마치 프러포즈를 거절당한 사람의 표정 같았다. 하지만 이내 안정을 되찾았다.

"이유는?"

"저는 더러운 방법으로 얻은 권력을 계승할 생각이 없습니다."

역시나 올곧은 사람.

사실 상두가 그런 생각을 가진 자였다면 이미 대륙에서 그는 다른 방법으로 정점을 찍었을 것이다.

"역시나 재미있군."

이성만은 상두의 거부에도 놀라지도 화도 내지 않았다.

내심 기대는 하고 있었지만, 어차피 그는 상두가 거절할 것이라는 것을 알고 있었다.

"만약에 자네가 지금 제안을 받아들였다면 실망했을 거야. 자네의 매력은 나와 반대된다는 것이니까."

상두는 또다시 이 늙은이에게 조롱당했다 생각하고 자리에서 일어났다.

"저는 이만 가보겠습니다. 다시는 이런 농지거리에 저를 부르지 마시길 바랍니다. 당신의 노리개가 아닙니다."

상두가 자리에서 일어나자 이성만은 웃음만 보일 뿐 다른 반응을 보이지 않고 차를 마셨다. 상두가 나가는 데도 배웅조차 하지 않았던 것이다.

'능구렁이 같은 노인네.'

상두는 간단히 목례하고 서재를 나갔다.

차를 마시던 이성만은 찻잔을 내려놓고 읊조렸다.

"아무리 봐도… 이 세상 사람 같지가 않아."

그는 오랫동안 그림자처럼 생활하다 보니 사람을 보는 눈이 정확하다. 그렇기 때문이 이 세계에서 살아남을 수 있었다. 그런데 상두에게서는 이 세상 사람의 냄새가 나지 않는다. 마치 과거에서 떨어진 사람 같기도 했고, 아예 다른 세계의 사람 같기도 했다.

한마디로 별종이라는 것이다.

그렇기에 그는 더욱더 상두에게 욕심이 나기 시작한 것이다.

"언젠가는 네놈을 꼭 가지고 말 것이다. 내가 가지지 못하는 것은 없으니까."

이성만은 그렇게 중얼거리고는 징그럽게 웃음 지었다.

밖으로 나온 상두는 주변을 살폈다.

아무도 없었다.

"박경파는 떠난 건가."

박경파가 기다렸다가 본인에게 해코지를 할 것이라고 생각한 것이다.

하지만 없었다. 더 이상 기대할 것이 없는 박경파는 자리에서 떠난 것 같았다.

상두는 내심 마음에 걸렸다.

아무래도 그 옛날 상두에게 잘해 주었던 박경파의 모습이 떠오른 것이다.

하지만 마음을 단단히 먹어야 했다. 그는 상두의 떡갈비 사업의 몰락의 단초를 제공한 사람이다. 게다가 살인에 마약까지. 사회의 악영향까지 끼친다.

그의 몰락은 상두를 위해서도 사회를 위해서도 환영받을 것이다. 그는 그렇게 생각하고 어깨에 힘을 넣었다.

"이 나쁜 놈!!!"

역시나.

박경파는 쉽게 떠나지 않았다.

그는 상두에게로 미친 듯이 달려들었다. 하지만 이성을 잃은 그는 상두의 상대가 될 리가 없었다. 상두가 몸을 틀어 살짝 피하자 제풀에 넘어져 쓰러졌다.

"참으로 추하군……."

상두는 그렇게 읊조리며 고개를 절레 흔들었다.

"그래도 한 지역을 호령하고 국회의원까지 오른 자인데 그

몰골이 참혹하군요."

상두의 말에 그는 허탈하게 크크큭거리며 웃음 지을 뿐이었다.

"그저 권력에 취해 아직도 꿈에서 깨어나지 못하는 늙은 광인이 내 앞에 있군요."

상두는 그를 측은하게 바라보았다.

"그렇게 보지 마!"

박경파는 지금까지의 일을 모두 부정하려는 듯 고개를 강하게 흔들었다.

상두의 저런 측은히 보는 모습이 박경파를 더욱더 힘겹게 만들었다. 아니, 미쳐 버릴 것 같은 감정의 동요를 가져왔다.

잔인하지만 상두는 일부러 이런 표정을 보인 것이었다. 그래야만 박경파의 자존심을 완전히 박살 낼 수 있으니.

"이대로 사람 구실 못하게 만들어 버리고 싶지만 그릴 필요도 없겠군요."

상두는 그를 내버려 두고 돌아섰다.

더 이상 이자에게는 볼일이 없었다. 가만히 두어도 알아서 파멸할 것이다. 박경파는 이제 일어날 기력이 없을 테니.

*   *   *

깊은 산속의 별장.

이곳은 경상도의 태백산맥 자락의 첩첩산중이었다. 인근 마을까지 내려가려면 두 시간 가량은 걸어가야 했다.

박경파 그는 지금 이 깊은 산속의 별장에 몸을 피해 있었다.

박경파는 의원직에서 사퇴해야 했다. 사안이 워낙에 심각하다보니 당의 압박을 견딜 수가 없었던 것이다. 사퇴한 것이 아니라 의원직을 빼앗긴 것이라고 봐야 했다.

게다가 여죄까지 물어 검찰에서 수사 중이었다. 살인교사도 있었고, 직접 살인을 주도한 혐의도 포착되었다. 게다가 마약 밀매에도 손을 댔고, 성매매법 위반도 여러 건이었다. 검찰이 캐고 캐고 또 캐도 감자덩이처럼 계속해서 죄가 나왔다.

결국 박경파는 발 빠르게 도망치는 것을 선택했다. 그대로 있다가는 그대로 콩밥은 물론이거나와 영원히 사회에서 격리될 것만 같았다. 이렇게 도망친다고 해서 해결될 문제는 사실 아니었다. 하지만 두려움에 빠진 그는 이런 선택을 할 수밖에 없었다.

덕분에 조직까지 와해됐다.

더 이상 복구할 수 없을 만큼 깨져 버렸다. 사건에 관련된 자들은 모두 잠적한 상태이고 남은 이들은 다른 조직에 빠르게 흡수되었다. 그렇게 자신을 따르던 이들이었다. 너무도 쉽게 박경파를 배신하고 만 것이다.

조직의 의리란 바로 이런 것이었다.

국회의원까지 올라섰던 박경파로서는 정말 굴욕이었다.

마치 막다른 벽 앞에 서 있는 것 같았다. 돌아갈 수도 넘어 갈 수도 없는 커다란 벽 앞에.

너무 높이 날아올랐기에 이렇게 떨어지니 더 이상 복구할 수 없을 만큼 깨져 버렸다. 이제 박경파에게 남은 것은 아무 것도 없었다.

남은 것이라고는 그의 딸 수민뿐이었다.

그녀는 아버지를 떠나지 않고 박경파의 수발을 들고 있었다. 그나마 혈육이 하나 있다는 사실이 박경파를 조금은 위안해 주었다.

그래도 박경파는 발악이리도 해봐야 했다. 여기서 잡히면 그의 인생은 완전히 끝이 난다. 아직 많이 남은 인생을 이대로 막 내리게 하고 싶지는 않았다.

하지만 어떻게 방법이 없었다. 박경파는 광인처럼 머리가 모두 헝클어진 채 안락의자에 앉아 멍하니 경치를 바라볼 뿐이었다.

그럴수록 인생은 무상했고, 권력 또한 무상했다.

모든 것이 한여름 밤의 일장춘몽 같았다. 그저 꿈이었다면 오히려 희망이라도 있을 것을.

"아버지… 추워요… 들어오세요."

수민이 밖에 앉아 있는 박경파를 일으키려 팔을 잡았다. 하지만 그는 몸을 일으키지 않았다.

"아니… 조금만 더… 가슴이 답답하구나……."

박경파는 고개를 떨구었다.

수민은 아버지를 측은하게 바라보았다.

박경파가 지금까지 어떠한 일을 했는지 그녀도 잘 알고 있었다. 용서받을 수 없는 죄를 저지른 사람이었다. 하지만 그렇다고 해도 그는 그녀의 아버지였다. 살인자가 되었든 나라를 팔아먹을 매국노가 되었든 그는 아버지인 것이다.

게다가 그녀는 아버지가 더러운 일을 하는 가운데 벌어들인 돈으로 생활해 왔다. 옷도 사고 먹을 것도 사고, 좋은 집에서도 살았다. 평생을 호의호식하고 살았다. 그런데 어떻게 아버지를 버릴 수 있겠는가.

한참을 박경파는 경치를 바라보았다.

시리도록 파란 겨울 하늘은 그의 마음을 더 얼어붙게 만들었다. 하지만 박경파는 지금 기다리는 사람이 있었다. 그가 오기 전까지는 안으로 들어갈 수가 없었다.

한참을 기다리자 눈밭을 뚫고 오는 한 남자를 볼 수가 있었다. 그 역시 박경파처럼 은둔하고 있었는지 얼굴에 수염이 가득했다.

"오오. 김상석이… 자네 왔구만…….

김상석이라는 사람은 말없이 고개를 끄덕였다. 그는 박경파의 오랜 동반자였다. 조직의 고문 역할을 담당했던 사람이었다. 그 어떤 사람보다 그를 믿는 박경파였다.

"안으로 드세나."

박경파는 힘겹게 몸을 일으켜 그를 안으로 인도했다.

"아, 손님이신가요? 차라도 내드릴까요?"

수민은 손님이 오신 것을 확인하고 물었다. 하지만 박경파는 손을 흔들어 됐다는 표시를 했다. 그들은 별장의 구석진 한 방으로 들어갔다.

안으로 들어선 두 사람은 테이블에 앉았다. 그 표정들이 사뭇 진지하고 심각했다.

"가지고 왔는가?"

박경파의 물음에 그는 고개를 끄덕였다. 그는 머뭇거리며 주변을 두리번거렸다.

"딸내미만 있네. 그 아이도 이 방에는 들어오지 않을 게야. 걱정 말게."

박경파의 말에 김상석은 고개를 한 번 끄덕이고 품에서 무언가를 꺼냈다. 검은 천으로 가려져 두툼했다. 박경파는 그것을 받아 쥐었다.

제법 묵직했다.

그는 묵직한 그 물건을 보기 위해 천을 풀었다.

"좋군……."

그것은 권총이었다. 박경파는 그것을 들고 이리저리 겨눠 보았다.

"구하기 힘들었습니다. 부산까지 어렵게 내려가서 러시아 마피아에게 가지고 온 물건입니다. 꽤 오래된 것 같으니 조심해서 사용하십시오."

박경파는 고개를 끄덕였다.

"조심해서 사용해야지… 그리고 정확히……."

박경파의 눈빛이 빛났다. 힘없던 눈에 광기가 번뜩인 것이다. 그 모습에 김상석은 몸서리를 쳤다. 그 광기에 눌러 버린 것이다.

"저는 이만 돌아가 보겠습니다."

"자고 가지 그러나?"

"가서 할 일이 있습니다."

박경파는 고개를 끄덕였다. 그 역시 쫓기는 몸이다. 붙들어 놓고 있을 수는 없었다.

"회장님 건강하십시오."

그는 고개를 구십 도로 숙여 인사했다. 박경파는 입을 다물고 고개를 끄덕였다.

김상석이 떠나자 박경파는 총으로 이곳저곳을 겨눴다.

박경파로서도 권총을 쓰는 것은 처음이었다. 물론 국내에
도 이런 총들이 없는 것은 아니었다. 국제항구가 있는 곳에서
러시아 마피아에게 구할 수가 있는 것이다. 그렇다고 해도 국
내에서는 구하기도 힘들고, 구했다고 해도 사용하면 큰 문제
를 일으켜 되도록 사용하지는 않았다. 군대에서도 라이플 류
를 쏘았지 이런 피스톨 류는 부사관 이상은 되어야 만질 수
있었다.

"박상두… 죽여 버리겠다……."

역시나 이 권총의 타깃은 박상두였다.

그는 반드시 죽이겠다는 다짐을 하고 탄창을 총에 꽂았다.
철컥하는 맞물림 소리가 스산하고도 무섭게 들려왔다.

다음 날.

박경파는 단단히 준비를 했다.

가는 도중 발각되지 않게 모자까지 준비를 했다. 수염까지
덥수룩하다 보니 그를 알아보기는 힘들 것이다. 총은 품속에
아주 곱게 숨겨 놓았다. 아무도 눈치채지 못하도록 깊이 숨겼
다.

"아버지, 식사하세요."

수민이 불렀다.

"아, 그래. 곧 나가마."

그는 심호흡을 크게 하고 방밖으로 나갔다.

수민이 아침부터 부지런을 떨어 음식을 차려 놓았다. 이곳으로 온 며칠간 꼬박꼬박 아버지를 위해 아침을 준비했다.

이런 것 필요 없다고 만류하던 박경파였지만, 수민의 지극한 생각에 어쩔 수 없이 차려주는 아침을 고맙게 먹었다.

늘 젓가락으로 밥알을 세던 그는 오늘 따라 맛나게 딸내미가 차려준 아침을 먹었다.

계속 의기소침하던 아버지가 맛있게 음식을 먹는 모습을 보는 수민은 오히려 걱정이 되었다. 하루아침에 갑자기 사람이 바뀌면 무슨 일이 생긴다는 미신도 있지 않는가? 그런 것을 믿는 수민은 아니었지만 오늘따라 불안한 마음을 거둘 수가 없었다.

"아빠, 어디 나가세요?"

수민의 물음에 박경파는 옅은 웃음을 보이고 고개를 끄덕였다.

"수민아……."

박경파가 나지막하게 수민을 부른다. 그녀의 가슴이 덜컥 내려앉는다. 도대체 아버지는 무슨 말을 하려는 것일까.

"네?"

"아니다……."

하지만 박경파는 말끝을 흐렸다. 수민은 그런 아버지의 모습에 더욱더 불안감을 가져야 했다. 불안감에 그녀는 식사를 제대로 하지 못했다.

식사를 모두 마쳤다.

박경파는 옷매무새를 다시금 고치고는 출입문 앞에 섰다.

"수민아… 잘 살아라……."

그는 설거지를 하고 있는 딸을 바라보며 나지막이 읊조렸다.

그렇게 그는 밖으로 나섰다.

수민은 한참을 아버지가 나간 곳을 바라보았다. 불안감을 떨칠 수가 없었다.

"안 되겠어……."

하지만 그대로 있을 수는 없었다.

아버지는 분명히 어딘가 잘못된 길로 가시려는 깃 같았다. 이것은 혈육으로서의 직감이었다.

그녀는 옷을 빠르게 갈아입고 아버지의 뒤를 따르기 시작했다.

*　　　*　　　*

상두는 오늘도 바빴다.

밀려드는 결재서류를 감당하기가 힘들었던 것이다. 처리해야 되는 결재가 많다는 것은 그만큼 이 사업이 날로 번창하고 있다는 뜻이었다.

"아… 도망가고 싶다……."

하지만 그는 골치가 아파왔다.

떡갈비 사업할 때와는 또 다른 맛의 사업이었다. 현장에서 일하기보다는 이렇게 서류를 보는 날이 더 많았다. 계속해서 의자에만 앉아 있었더니 엉덩이에 곰팡이 생기는 것만 같았다.

이렇게 열심히 일하지만 즐겁지가 않은 것으로 보아 정신적으로 여유가 필요한 때인 것 같았다.

그가 그렇게 농땡이를 치고 있자 안으로 박강석이 들어왔다.

"또 놀고 있는 건가, 애송이."

"거 자꾸 애송이라고 부르지 좀 마요, 박 형."

상두는 이제 박강석에게 존대를 시작했다.

아무래도 그는 그보다 나이가 훨씬 위다 보니 사람들 앞에서도 예의를 차려줘야 맞는 것 같았다.

"사장 같지 않은 행동을 하니까 애송이라고 부르지."

그는 소파에 털썩 주저앉았다. 그 역시 일이 너무 피곤한 모양이었다.

"그러는 박 형이야 말로 농땡이 부리러 온 거 아닙니까
요?"

"아. 박 상무라고 불러, 사장."

상두는 씨익 하고 웃음을 보였다.

이제 규모가 꽤나 커져서 박강석의 상무 자리에 앉힌 것이
다. 강석뿐만이 아니라 조직 개편으로 사업 초기 멤버들을 모
두 요직에 앉혔다.

박강석도 요직에 앉아 일이 많아져 피곤한지 넥타이를 풀
고 소파에 퍼질러 앉았다. 아무래도 조폭생활을 하던 그에게
이런 일은 몸에 맞지 않은 옷인 것 같았다.

"이제는 좀 쉬고 싶네요……."

상두도 소파로 내려와 앉았다. 그는 눈이 벌겋게 충혈이 되
었다.

"이이고 저 핏줄 선 것 좀 봐. 토깽이 보는 깃 같다. 굉장히
지친 모양이군. 사업이 확장되고 있으니 어쩔 수 없지."

"나는 사장이라면 그냥 놀고만 있어도 되는 줄 알았지. 이
렇게 힘들게 일해야 되는지는 몰랐습니다."

상두의 말에 박강석은 히죽 웃음을 보였다.

"높은 자리에 있을수록 책임은 무거워지니까."

상두는 웃음을 보였다.

자리에 따라서 책임감이 달라진다는 것은 그 역시 잘 알고

있었다.

하지만 강석에게는 어리광을 부리고 싶었다. 박강석은 카
논의 나이보다도 두 살이 더 많다. 그렇다보니 그에게 형의
느낌을 받을 수밖에 없었다. 대륙에서도 형제가 없었던 그는
연상의 남자에게 당연히 그런 느낌을 받을 수 있었다.

"좀 쉬는 게 어때?"

박강석의 말에 상두는 고개를 절레절레 흔들었다. 해야 할
일이 산더미이다. 그것을 마쳐야 쉬어도 쉬지 않겠는가.

"쉴 틈이 어디에 있습니까. 일해야죠."

"하지만 휴식도 일의 연장이야. 그러다 쓰러질 것 같으니
까 하는 소리 아니야. 오늘은 잠시 일찍 퇴근해서 쉬는 게 어
때?"

그의 말에 상두는 한참을 고민했다.

이렇게 매달린다고 해서 빠르게 끝날 일도 아니었다. 그의
말대로 재충전의 시간을 가지는 것도 나쁘지 않았다.

"그럼 오늘은 먼저 퇴근해야겠습니다."

"그래 잘 생각했어. 역시 사장은 화통하다니까."

강석은 웃음을 보이며 그의 어깨를 툭하고 쳤다. 상두는 웃
으며 자리에서 일어났다. 그는 간단하게 코트를 걸치고 모든
서류를 그대로 놓아둔 채로 밖으로 나갔다.

일찍 퇴근한 상두는 차를 몰았다.

막상 일찍 퇴근해서 나오긴 했지만 어디로 가야 할지 막막했다. 워낙에 노는 것을 잘 못하는 상두가 아닌가. 연지를 만나려 해도 그녀는 요즘 지도자 과정에 있어서 굉장히 바쁘다.

그는 아무런 생각이 없이 이리저리 돌아 다녔다.

아이쇼핑도 하고 오락실도 갔다.

역시나 이럴 때는 아무 생각 없이 발길 닿는 곳을 다니는 것이 좋았다.

"으으으! 기분 좋다!"

오랜만의 일탈을 즐기다 보니 아무 생각이 없어도 즐거운 한 때였다. 상두는 그렇게 즐겁게 지내다 한적한 시골길로 향했다.

마음을 좀 더 가다듬기 위해서였다.

넓은 평야였다.

아직 개발 직전이리 풀이 무성한 그런 평야였다. 어쩌면 툰드라를 보는 것 같기도 했다. 이곳은 그가 살던 대륙의 흔한 풍경이었다. 아무래도 익숙한 곳에서 잠시 시간을 보내는 것이 그에게 더 좋은 휴식이 될 것이다.

하지만 그의 휴식은 오랫동안 허락되지 않았다.

"꼼짝 마!"

나지막한 목소리와 함께 끼리릭 하는 쇠뭉치가 움직이는 기분 나쁜 소리가 들렸다. 잠깐 울렸는데도 그것은 상두를 위협하는 소리라는 것을 알 수가 있었다.

"오랜만이군요."

상두는 뒤를 돌아보았다.

"그래, 오랜만이로군, 상두 군……."

그의 눈에 총을 겨누고 있는 박경파의 모습이 보였다.

머리가 그사이 완전히 백발이 되어 눈은 휑한 박경파.

그 사이 완전히 늙어 노인처럼 보였다. 상두는 그 모습에
인상을 찌푸리며 말했다.

"그 쇠뭉치는 어디서 구했습니까. 다칩니다. 내려놓으시
죠?"

박경파는 살기를 내뿜으며 대답했다.

"네놈 같으면 내려놓겠나? 네놈을 죽이고 나도 죽겠다!"

"쏴볼 테면 쏴보세요."

상두는 그에게 조금씩 다가갔다. 다가올수록 박경파는 밀
어냈다. 총을 당당하게 겨누던 초반의 모습과는 사뭇 달랐다.

"죽일 수 있어!"

박경파는 총을 겨누며 위협했다. 하지만 상두는 계속해서
앞으로 나아갔다.

위압감.

지금 박경파가 느끼는 것은 위압감이었다.

지금 박상두의 모습은 커다란 산처럼 느껴졌다. 모든 것을

잃고 자신감을 상실한 박경파에게는 태산과도 같았을 것이다.

"쏘란 말입니다!!!"

상두의 외침!

하지만 그는 내쏠 수 없었다. 뒤이어 들이닥친 사이렌 소리 때문이었다.

경찰들이 들이닥친 것이었다.

"상석인가……."

아마도 경찰은 상석이 부른 것이 분명하리라. 멀리 있던 그가 박경파에게까지 온 것 자체가 조금은 의심스러웠다.

"박경파! 총을 내려놓고 자수하라!"

확성기의 울림에 박경파는 어깨를 들썩거리며 웃음을 보였다.

"제기랄! 제기랄! 뭐 하나 내 마음대로 되는 게 하나도 없구만……."

박경파는 웃으며 눈물을 흘렸다.

상두는 인상을 찌푸렸다. 마지막에 다다른 자의 모습.

대륙에서도 이런 사람들을 수도 없이 봐왔지만 이런 모습은 아직도 익숙하게 받아들일 수가 없었다. 게다가 지금 그런 표정을 짓는 사람은 한때 아버지처럼 모셨던 이였다.

"아빠! 아빠! 총 내려놔요!"

수민까지 왔다.

박경파는 놀란 듯 뒤를 돌아보았다. 수민이 눈물을 보이며 그를 애원하듯 바라보았다.

"미안하구나. 이 아비 때문에······."

그는 천천히 총구를 돌렸다. 그리고 순식간에 그의 머리를 겨눠 방아쇠를 당겼다!

"안 돼!"

상두가 손쓸 틈도 없었다.

빠르게 내달렸지만 거리가 가속도를 붙일 만큼 멀지가 않았다. 그의 축지도 이 거리에서는 무용지물이었다.

타앙!!!

총격 소리가 사방으로 울린다.

그리고 적막하다.

박경파가 머리에 피를 흘리며 그대로 쓰러진다.

"안 돼!"

적막한 이 가운데 한 여린 아가씨의 음성만이 구슬프게 가득 메운다.

수민이 울부짖으며 달려왔다. 경찰이 말릴 틈도 없었다. 그녀는 쓰러진 아버지를 끌어안고 오열했다.

"왜!! 왜 이랬어요, 바보같이!"

수민의 오열은 멈출 줄을 몰랐다. 경찰이 다가와서 그녀를 떼어내려 했지만 그래도 그녀는 완강히 버텼다.

"놓으란 말이야! 놓으라고!"

수민은 그렇게 한참을 울부짖더니 눈물을 멈추고 상두를 바라보았다.

"너 때문이야!"

상두를 바라보는 그녀의 눈에는 독기가 가득했다.

그런 그녀의 모습을 본 적이 없었다. 늘 사랑스럽게 바라보던 그녀의 눈빛이었다. 하지만 이제는 상두를 원수처럼 바라보고 있었다.

상두는 아무런 말을 할 수가 없었다. 그녀의 눈빛이 가슴을 너무도 먹먹하게 만들었다.

아직도 그는 그녀를 사랑하고 있었던 것이다.

"복수할 거야! 꼭 복수하고 말 거야!"

수민은 경찰의 제지로 끌려가 경찰차에 탈 수밖에 없었다. 멀어지면서도 그녀는 상두를 무서우리만치 차가운 눈으로 바라보았다. 상두는 그녀의 그런 눈빛이 가슴이 아파 고개를 돌렸다.

"제길……."

이런 것을 원한 것은 아니었다.

박경파에게 죗값을 치르게 하고 싶었던 것뿐이었다. 하지만 결국은 이렇게 끝이 나고 말았다. 어쩌면 원하는 것보다 더한 결과일 것이다. 하지만 그래도 불편하다.

"인과응보……."

상두는 그렇게 읊조렸다.

이 모든 것이 박경파가 저지른 죄의 업보인 것이다.

하지만 그렇다고 해도 그의 마음이 편해지는 것은 아니었다.

*　　　*　　　*

이성만의 저택 앞.

한 아가씨가 걸어오고 있었다.

눈은 잔뜩 울고 난 뒤인지 붉게 충혈 되어 있었지만 옷은 깔끔한 정장차림이며 화장도 깔끔한 투명 메이크업이었다. 전체적으로 깔끔하면서도 아름다운 느낌이었다. 하지만 그녀의 몸에서 풍기는 느낌은 한기에 가까웠다. 여자가 한을 품으면 오뉴월에도 서리가 내린다 하지 않았는가. 지금 그녀의 마음에도 한이 서려 있었다. 그도 그럴 수밖에 없는 것이 그녀의 아버지는 그녀가 보는 앞에서 권총으로 자살했다.

그녀는 바로 박수민이었다.

수민이 저택의 앞에 서자 경호원들이 그녀를 막아섰다. 갑자기 젊은 여성이 정문으로 당당히 들어오니 당황한 것이다.

"회장님을 만나러 왔습니다."

수민의 말에 경호원들은 고개를 갸웃거렸다.

이성만이 만나는 젊은 여자들은 이렇게 당당히 정문으로 들어오지 않는다. 대부분이 몸을 목적으로 하기 때문이었다. 연예인이든 텐프로든 뒷문으로 해서 들어온다. 하지만 수민은 달랐다. 당당하게 정문 앞에 온 것이다.

수민의 기백에 경호원은 잠시간 감복했는지 물었다.

"약속은 되어 있습니까?"

수민은 고개를 절레절레 흔들었다. 박경파도 내친 마당에 그녀가 이성만과 약속이 되어 있을 리 만무했다.

"박경파의 딸이 왔다고 전해주십시오."

박경파라는 이름이 나오자 경호원들이 술렁였다.

한동안 떠들썩하게 뉴스를 수놓았던 인물이 아닌가. 게다가 그는 이성만의 후원까지 입었었다.

"잠시 회장님께 여쭤보겠습니다."

경호원은 경호실 안으로 들어갔다.

그는 수민이 가여웠던 것이다. 아버지를 본인이 보는 앞에서 그렇게 잃었다. 보통의 감정을 지닌 사람이라면 견딜 수 없을 것이다.

"들어오라시는군요."

수민은 고개를 끄덕였고 경호원과 함께 출입문을 들어갔

다. 그녀는 옷매무새를 다시금 살피고 안으로 들어갔다.

이성만은 서재에 있었다.

안에서 집사로 보이는 노인의 안내로 이성만의 서재로 들어갈 수 있었다.

서재 문 앞에 선 수민은 큰 숨을 들이마셨다. 그녀는 지금 자신의 일생에 가장 큰 결단을 앞두고 있었다.

"회장님, 손님이 오셨습니다."

"들어오라고 하게."

이성만의 허락이 떨어지자 집사는 문을 열어 수민을 들여보내고는 물러났다.

이성만은 서재에서 오래된 서책을 보고 있었다. 한문으로 된 것으로 유교에 관련된 것으로 보이기도 했다.

"자네가 박경파의 딸인가?"

그녀는 말없이 고개를 끄덕였다.

"아버지와는 다르게 꽤나 명민하게 생겼군."

아버지라는 말에 수민은 인상을 찌푸렸다. 어쩌면 박경파가 죽는데 이성만이 한몫했을 수도 있었다. 하지만 그녀는 참아냈다. 지금은 그의 도움이 절실히 필요하다.

이성만은 그녀를 날카롭게 바라보았다.

"무슨 일로 온 겐가?"

수민은 이성만을 강한 눈빛으로 되받아치듯 바라보며 대

답했다.

"저를 도와주십시오."

"무슨 말이지?"

"박상두를 무너뜨릴 수 있는 힘을 원합니다."

이성만은 히죽 웃었다.

"박상두를 무너뜨려?"

"네. 도저히 용서할 수 없습니다. 도저히……."

이성만은 계속해서 재미있다는 웃음을 보였다. 하지만 이내 정색하고 물었다.

"자네는 모르겠지만 박상두라는 사람은 그리 만만치가 않아. 여자 하나가 상대할 수 있는 그런 인물이 아니야."

"하지만 저는 절대로 그자에게 복수를 해야 합니다."

"아버지 때문인가?"

이성만의 물음에 그녀는 고개를 끄덕였다. 그녀의 한기가 이성만에게까지 느껴질 정도로 그녀는 깊은 한이 새겨진 것이다.

"나는 조건 없이 도와주지는 않는다네. 내가 자네를 도와준다면 자네는 무엇을 주겠는가?"

그의 말에 수민은 고개를 끄덕이며 자리에서 일어났다. 그녀는 깊이 심호흡을 했다. 그러고는 겉옷을 벗고 또 블라우스를 벗었다. 상의는 브래지어만 남은 상태였다.

"이것이라면 답이 되겠습니까?"

수민의 물음에 이성만은 음흉한 눈빛으로 물었다.

"자네 처녀인가?"

그녀는 부끄럽게 고개를 끄덕였다. 그러고는 다시금 옷을 한 꺼풀씩 벗기 시작한다. 이성만은 그것을 묵묵히 지켜보았다. 이내 그녀의 몸은 실오라기 하나 없이 드러났다. 피부는 도자기처럼 하얗고 유두는 핑크빛으로 깨끗했다. 한 번도 정복되지 않은 듯 그녀는 다리를 오므리고 있었다. 그래도 부끄러운지 가슴과 음부를 가렸다. 그녀의 몸은 미세하게 떨리고 있었고, 아랫입술을 깨물고 있었다. 눈물도 맺힌 것 같았다.

"옷을 입게."

이성만의 의외의 말.

그녀는 놀란 듯 눈을 크게 떴다.

"세간의 말을 어떻게 들었는지 모르겠지만 나는 여색을 밝히지 않아. 나에게 찾아오는 연예인들 그리고 여성들 전부 다 돌려보냈네. 못 믿어도 상관은 없어. 하지만 나이도 이만큼 먹었는데 성욕은 많이 죽었지. 난 성욕보다는 세상을 내 마음대로 주무르는 데에 오르가즘을 느끼지."

그녀가 머뭇거리며 아무것도 하지 못하자 그는 다시금 말했다.

"도와주겠네. 그 정도의 의지라면 무엇인들 못하겠는가."

그의 말에 수민은 그제야 옷을 제대로 입었다.

"연락 줄 테니 집사에게 연락처를 남기고 이만 가보게."

수민은 고개를 끄덕이며 옷을 다 입고 밖으로 나갔다.

밖으로 나간 수민은 집사에게 연락처를 남겼다. 그녀의 눈은 독기로 가득했다.

"어떻게든 무너뜨릴 거야. 어떻게든… 박상두……."

그녀의 눈에 기어코 눈물이 맺혔다.

한 방울의 눈물이 얼굴을 타고 또르르 내려오자 눈물을 삼키려 그녀는 하늘을 올려다보았다.

CHAPTER **04**
굿 디펜더

굿 디펜더의 본사.

공장건물을 빌려서 개조하여 사원들이 훈련을 할 수 있는 시설을 운동장에 마련한 건물이다. 세를 주던 건물이었지만 이제 굿 디펜더의 자금으로 사들였다. 회사 자금사정이 이제 굉장히 좋아진 것이다.

상두는 운동장에서 훈련을 하고 있는 직원들을 바라보고 있었다. 그는 늘 이렇게 훈련하는 직원들을 바라보는 것이 하루 일과 중 하나였다.

훈련하는 직원들은 굉장히 어설퍼 보였다. 그 앞에서 그들을 인도하는 박강석이 굉장히 힘들어 보였다.

오늘의 훈련 인원은 신입사원들이었다.

대략 50여명이 입사를 했는데 아마도 저 중에 절반 이상은 훈련을 견디지 못하고 퇴사를 할 것이다. 지난번 공채 때도 40명이 지원해서 10명만 남게 되었다.

"이번에는 몇 명이나 남게 되려나……."

상두는 그들을 바라보며 즐거운 웃음을 보이고 있었다.

"저기, 사장! 사장님!"

누군가가 달려온다.

그는 철진이었다. 일을 하다 말고 뛰어온 것을 보면 꽤나 큰 사안인 것 같았다.

"왜 그래?"

"빨리 와서 텔레비전을 좀 보라구!"

헐레벌떡 뛰어온 그의 표정은 굉장히 급박했다. 철진은 상두를 마구잡이로 이끌었다. 상두는 어쩔 수 없이 그의 손에 이끌려 건물 안으로 들어갈 수밖에 없었다.

상두를 이끌고 간 곳은 직원 휴게실이었다. 잠시 쉬고 있는 직원들은 모두 텔레비전에 시선을 고정하고 있었다.

"무슨 일이……."

상두 역시 무심코 텔레비전을 보고 놀라고 말았다. 그것은 한국의 상선이 피랍되었다는 기사였다.

그 배의 이름은 삼화호!

"저 배는?"

상두의 놀라운 질문에 철진이 고개를 끄덕였다.

그 삼화호는 굿 디펜더와 계약을 한 물류회사의 소유였던 것이다.

계약 이후에 삼화호에도 굿 디펜더의 사원들을 파견했다. 피랍된 사람들 중에 굿 디펜더의 사원들도 있었던 것이다.

"꽤나 실력도 좋고 머리도 비상한 직원들을 파견했는데……."

상두는 '끙' 하는 한숨을 내쉬었다.

아무리 실력이 좋다고 해도 무기를 가지지 못한 민간 경호 업체의 직원이 총을 겨누고 있는 상대를 당해낼 리가 만무했다.

"이거 큰일이군."

"다행히 사망자는 아직 없다고 하는데?"

철진의 말에 상두는 고개를 끄덕였다.

하지만 사원들의 안전이 확보되지 않은 상황이라 안심할 개재는 아니었다.

휴대폰의 벨이 울렸다.

"여보세요?"

—나 김 의원일세. 지금 곧 만날 수 있나?

김 의원의 목소리에는 심각함이 묻어났다.

"네, 알겠습니다."

상두 역시 심각하게 전화를 받고 있었다. 그가 전화를 끊자 철진이 궁금한 듯 물었다.

"무슨 일이야?"

박강석의 물음에 상두는 휴대전화를 주머니에 다시 넣으며 대답했다.

"김 의원의 호출. 이번 피랍 건으로 해서 할 이야기가 있다고."

역시나 피랍사건에 관한 이야기였다. 이 사안은 정부에서도 꽤나 긴급하게 다루는 것 같았다.

상두는 사무실로 들어가 서둘러 재킷을 둘러 입었다.

"골치 아프게 되었군."

굿 디펜더와 계약을 맺은 배가 피랍되었다. 그러니 상대 회사 측에서 문제제기를 할 수 있을 것이다.

"큰일이야 정말……."

상두는 골치가 아픈 듯 인상을 찌푸렸다.

그 배에 굿 디펜더의 직원이 동승하고 있었다는 것이 알려지는 것은 이제 시간문제였다. 이 일이 알려진다면 어렵게 쌓아놓은 인지도가 다시 떨어질 수가 있었다.

하지만 상두에게는 인지도는 문제가 아니었다. 인지도야

다시 노력해서 쌓아 올리면 된다는 생각이었다. 이런 것으로 흔들릴 정도로 굿 디펜더는 약하지 않았다.

그가 걱정하는 것은 직원들의 안전이었다. 어떻게든 그들도 무사하게 구해내야 할 생각에 머리가 아파왔다.

그렇게 고민하는 중 차량은 고급 횟집에 도착했다.

이곳은 김 의원이 자주 이용하는 단골이었다. 상두가 들어서자 미리 대기해 있던 직원이 상두를 알아보고 그를 안내했다. 상두 역시 김 의원과 함께 이곳에 몇 번 온 경험이 있어 그의 얼굴을 직원도 알고 있었다.

깊숙한 곳에 위치한 방에는 김 의원이 먼저 도착해 있었다.

"왔구만."

그의 옆에는 경찰 관계자와 외교부의 높은 직책의 공무원이 앉아 있었다.

"인사 나누십시오. 이쪽은 굿 디펜더의 박상두 대표입니다."

김 의원의 소개로 서로 인사를 나누었다.

그 후 분위기는 사뭇 진지해졌다.

"이렇게 자네를 부른 이유는 조금 전에도 이야기했지만 삼화호 피랍사건 때문이네."

상두는 고개를 끄덕였다. 그의 이마에는 한줄기 식은땀이 흘러내렸다. 역시나 이 문제는 정부 쪽에서도 가장 큰 문제로 대두된 모양이었다.

"대통령께서 야당의 의원이지만 내가 자네와 친분이 있다는 사실을 아시고 나를 보낸 것이네."

상두는 고개를 끄덕이며 그의 이야기를 경청하고 있었다.

"자네도 걱정이 많겠지? 그래서 정부에서도 자네에게도 좋을 만한 방법을 제시할까 하는데……"

김 의원의 말에 상두는 눈이 번쩍 뜨였다. 걱정을 하고 있었는데 해결책을 제시한다니 당연히 그에게는 기분 좋은 이야기이다.

"아직 발표는 제대로 하지 않았네만 지금 삼화호가 피랍된 곳이 정확히 어디인지 파악되지 않고 있어. 정확한 위치가 있어야 구출 작전을 벌이겠는데 이건 뭐……"

방송에서 자세한 이야기가 나오지 않아서 몰랐는데 이번 피랍은 다른 때와는 조금 성격을 달리하는 것 같았다.

"아무래도 요즘 테러단이나 해적들도 한국을 시쳇말로 호구로 보고 있네. 그렇다보니 지금 배를 자신들의 아지트로 피랍한 것 같아."

"그래서 제가 할 일은 그쪽의 정보를 캐서 알려주는 것인가요?"

김 의원은 상두의 물음에 고개를 끄덕였다. 하지만 상두는 의문이 생겼다. 이런 일은 보통 국정원에서 해야 하는 것이 아닌가?

"이런 일은 나라에서 해야 되는 것이 아닙니까?"

"그렇지. 하지만 지금 그곳으로 파견할 국정원 직원이 부족해서 말이야. 원래 첩보활동의 경우는 국정원 직원들이 하기 보다는 유능한 군인들을 착출하는 편이지. 자네가 이번에 착출되었다고 보면 되는 거야. 어떻게 해줄 수 있겠나?"

"그런데 왜 접니까? 다른 유능한 인재들이 있을 텐데요. 게다가 저는 그쪽 언어를 구사할지도 모릅니다. 약간의 영어만 할 뿐이죠."

김 의원은 사케를 한잔 들이키고 상두에게 대답했다.

"자네의 눈빛을 믿기 때문이지. 자네는 분명 해낼 수 있을 거라고 생각이 들었어. 그래서 대통령님께도 사실 내가 고집을 부렸네."

그의 말에 상두는 희미한 미소를 지었다. 자신을 믿어준다는 것이 그리 나쁜 기분은 아니었다.

"알겠습니다. 제가 해보겠습니다."

상두는 승낙했다. 그의 승낙에 김 의원과 동행한 이들은 인상을 찌푸렸다. 아무래도 그의 실력을 믿지 못하는 것이었다. 그것도 그럴 것이 아무리 성공한 사업가라고 해도 그는 아직 애송이로 보일 그런 나이였다.

하지만 상두는 자신이 있었다. 그는 강대한 힘을 얻기 이전 대륙에서 밀정의 역할도 했었다. 그때의 경험을 살린다면 분명히 잘 해낼 수 있을 것이다.

"잘만 해결해 준다면 정부청사 이전한 곳의 경비를 굿 디펜더에게 맡기겠어. 대통령님의 약속이니 틀림이 없을 거야."

김 의원의 말에 상두는 고개를 끄덕였다. 분명히 굿 디펜더에 큰 도움이 될 만한 일이었다. 하지만 김 의원은 그를 걱정되는 눈으로 바라보았다.

"왜 그런 눈으로 보시는 겁니까?"

"아들 같은 자네를 사지로 내모는 것 같아서⋯ 정말로 죽을 수도 있네. 그래도 괜찮겠나? 내가 자네를 추천하긴 했지만 조금 후회는 되긴 하는군."

상두는 호통하게 웃음을 보였다.

"하하하! 한 당의 수장이라고 하시는 분께서 왜 이렇게 마음이 약하십니까. 의원님의 결정을 믿으세요."

그의 호쾌한 말에 김 의원은 웃음을 보였다.

"그래, 자네를 믿어보지."

그는 정치판에 뛰어들고 사람을 믿어 본 적이 없었다. 같은 당 내에서도 파벌 싸움으로 인해 사람에 대한 신뢰가 깨져 나갔다.

하지만 상두는 믿음이 갔다. 마치 정치판에 뛰어들기 전의 젊은 시절. 아니 그 이전의 청소년기의 친구를 믿는 그런 믿음이 상두에게서 느껴지는 것이다.

"그래, 알았네. 위조 여권 비자 등은 내일 내 사무실로 오면 주겠네."

상두는 고개를 끄덕였다. 사안이 사안인 만큼 상두의 직접적인 신분보다는 위조된 신분이 더 나을 것이다.

모임을 마치고 상두는 그들과 인사를 나누고 다시 회사로 향했다. 이미 퇴근할 시간을 훌쩍 넘겼지만 그는 회사에 가볼 이유가 있었다.

그가 향하는 곳은 회사 건물의 3층에 위치한 창수의 실험실이었다. 그곳에서는 여러 가지 굿 디펜더에게 도움이 되는 도구들이 실험이 되고 있었다.

3층은 한층 전체가 환하게 열려진 공간이었다. 여러 가지 기구들이나 발명품들이 있었지만 차곡차곡 선반에 제대로 구비되어 있었다. 마치 무기 판매장 같은 느낌을 자아내는 이 공간을 사용하는 것은 창수 혼자뿐.

"이봐, 김 주임."

상두가 들어서자 창수는 여러 가지 부품들을 만지작거리다 그를 바라보았다.

"아, 대표님. 무슨 일이야?"

그는 머리가 헝클어져 있었다.

아무래도 두문불출하며 이곳에 있으니 모양새가 지저분할 수밖에 없었다. 이렇게 열심히 하는 임원이 있으니 이 회사가 잘 돌아갈 수 있는 것이었다.

"새롭게 만들어진 게 없나 싶어서 말이야."

그의 말에 창수는 환하게 웃음을 보이며 그를 안내했다.

사실 상두가 이곳을 찾은 이유는 피랍된 선원들을 구출하기 위해 필요한 장비가 있나 점검하러 온 것이다.

"이번에 개발한 방탄슈트야."

창수가 안내한 것은 여러 가지 방탄복이나 방열복 등을 비치한 곳이었다. 그중 마네킹의 전체를 감싸고 있는 조금 두꺼운 타이즈를 상두에게 보여주고 있었다.

"방탄슈트?"

방탄조끼는 들어 봤어도 방탄슈트는 처음 들어 보는 상두였다.

"이건 기존의 방탄조끼와는 좀 다른 개념이야. 섬유로 되어 있는데 총알이 부딪치면 충격을 흡수하는 동시에 미끄러져 나가게 만들지. 적진에 고립되어 있을 때 아주 유용한 옷이 될 거야."

상두의 눈빛이 빛났다.

이것이라면 다수가 몰려 있는 상황에서 효과적으로 사용될 수 있을 것이다.

"이거 지금 바로 사용할 수 있어?"

상두의 물음에 그는 고개를 끄덕였다.

"이건 시제품이긴 하지만 그래도 쓸 만해."

상두는 묘한 미소를 짓고 있었다.

사실 그는 이 옷을 이번 일에 사용할 생각이었던 것이다.

"이거 내가 가져간다."

"왜?"

"쓸 일이 있어서."

상두는 그렇게 말하고 마네킹을 통째로 들고 연구실 밖을 나갔다.

"도대체 무슨 생각을 하고 있는지 알다가도 모르겠다니까."

창수는 알 수 없다는 듯 고개를 절레 흔들며 혀를 끌끌 찼다.

*　　　　*　　　　*

허름한 소말리아의 모가디슈 공항.

최빈국이라고 하지만 수도의 공항은 무척이나 어설펐다. 그것도 그럴 것이 내전중인 국가에서 공항을 제대로 관리할 리가 없었던 것이다.

상두는 공항 게이트에서 나왔다.

그는 더운지 연신 손부채질을 했다.

건물 안이 더 더운지 공항 밖으로 나왔다. 하지만 더운 것
은 안이나 밖이나 매한가지.

밖으로 나오니 더욱더 살을 태울 듯한 열기가 그를 맞이했
다. 이 열기는 상두를 짜증나게 만들었다.

마중 나오기로 한 사람은 보이지 않았다. 김 의원이 누군가
가 자신을 기다리고 있다고 했지만 피켓을 들고 있는 사람도
없었고 그를 아는 척하는 사람도 없었다.

"젠장……."

상두가 그렇게 한숨 같은 욕설을 내뱉자 누군가가 그의 어
깨를 툭하고 친다.

"한국말 함부로 하지 마시죠. 이곳은 한국이 정한 여행 금
지국가잖습니까."

낯익은 말소리에 그는 옆을 돌아보았다.

서글서글하게 생긴 동양인이 그를 바라보고 있었다.

"안녕하세요. 에드워드 권입니다."

"아, 반갑습니다. 당신이 그 프로페셔널이군요."

"그저 현지 코디라고 해둡시다."

두 사람은 반갑게 인사를 나눴다. 이후 그는 주변을 살피다
상두를 이끌고 그의 지프로 은밀히 이동했다.

에드워드의 지프차에 몸을 맡긴 상두는 또다시 투덜거렸다.

"몹시 덥군요. 짜증날 정도로."

상두의 말에 그는 웃으며 대답했다.

"그늘에 가면 시원합니다. 아프리카는 열대우림하고는 또 달라서 적응하면 살 만해요."

그는 오랜만에 모국어로 이야기를 나누는 것이 즐거운지 웃음을 보였다.

에드워드 권은 김 의원이 다섯 다리 이상은 건너 섭외한 현지의 안내자였다. 소말리아가 내전 상태이다 보니 해적의 위치를 제대로 잡기 이전에는 그와 동행해야 했던 것이다.

"당신은 이곳에서 한국인이 아닙니다. 한국계 미국인으로 해두죠."

"알겠습니다."

두 사람은 이곳 소말리아에 관한 전반적인 상황에 대해 대화를 나눴다.

콰가강!

순간 폭발음과 함께 열기가 훅하고 느껴진다. 상두는 약간 놀란 듯 돌아보았다. 상두의 얼마 떨어지지 않은 곳에서 무언가 폭발했던 것이다.

뒤이어 '두두두두!' 하는 총소리가 사방에서 들려왔다.

"조그마한 소요가 있는 것 같군요."

에드워드는 차를 더욱더 빠르게 몰았다. 하지만 그의 얼굴은 일상적이라는 듯 고요했다.

"역시 내전국가답군요."

상두 역시 동요하지 않고 이야기했다. 하지만 그의 어투에는 더위로 빚어진 짜증은 섞여 있었다.

"뭐 이곳은 일상입니다. 그나저나 놀라지 않으시는군요? 듣기로는 군 소속은 아니라고 하던데. 용병입니까?"

그의 물음에 상두는 묘한 미소를 지으며 대답했다.

"그런 셈이죠."

그들은 시내에서 조금은 떨어진 곳에 위치한 허름한 건물로 향했다.

그곳은 에드워드의 거처였다.

건물 앞에 서자 여러 가지 잠금장치가 눈에 띄었다. 상두가 그것에 신경 쓰자 에드워드가 설명했다.

"내전국가다 보니 치안이 붕괴된 지 오랩니다. 이렇게 철저하게 보안을 유지하지 않으면 금방 털려요."

그는 그렇게 너스레를 떨며 잠금장치를 하나하나 풀고 안으로 상두를 안내했다.

안으로 들어서자 조금은 시원해지는 것을 느끼는 상두였다.

상두는 세수를 하고 조금의 휴식을 취했다. 에드워드는 그 동안 허기질 상두를 위해 여러 가지 음식을 내왔다. 이곳 현지의 음식이었는데 상두는 아주 맛이 있게 먹었다.

"음식이 입에 맞는가 봅니다?"

"뭐 썩 맛있지는 않지만 나쁘지 않습니다."

상두는 그렇게 말하고 게걸스럽게 음식을 먹었다.

그는 대륙에 있을 때부터 음식을 가리지 않았다. 전쟁터와 싸움터를 전전하던 그에게 음식은 그저 위장만 채우면 되는 그런 것에 지나지 않았던 것이다.

어느 정도 식사를 마치자 에드워드는 그릇을 대충 치우고 그 위에 지도를 펼쳤다. 그것은 소말리아의 해안가 한 부분의 지도였다.

"지도를 보시면 이곳이 삼화호가 피랍된 지점입니다."

상두는 그가 지적한 곳을 바라보았다. 소말리아 영해에서 꽤나 떨어진 곳이었다.

"아무래도 소말리아 해적들의 선박 수준으로 봐서 의심이 되는 지역이 바로 이 근방입니다."

에드워드가 가리키는 의심이 되는 지역은 생각보다 광범위했다.

"이곳에는 항구가 모두 3개 있는데 아마도 소말리아인들은 어디가 해적들의 아지트인지 알려주지 않을 겁니다. 그들은 해적들을 해양수비대마냥 떠받들고 있으니 말입니다. 그들이 소말리아 경제에 미치는 영향도 꽤나 크고 말입니다."

그의 말에 상두는 고개를 끄덕였다.

좋지 못한 일이지만 이해가 안 되는 것은 아니었다. 먹을 게 없는 이 나라에서 먹을 것을 전해준다면 살인자라도 칭송할 것이다. 배고픔은 그렇게 치졸한 것이다. 배고픔 앞에 인도주의는 그저 허울일 뿐인 것이다.

"하지만 항구에 있지는 않을 겁니다."

"이유는?"

"아무리 국민들이 우호적이라고는 하지만 해적은 해적. 분명히 그리고 꽤나 큰 선박을 숨기기에는 좀 무리가 따를 테니 아무도 모르는 곳을 선호하게 되겠죠."

상두는 지도를 살폈다. 해안선이 복잡한 곳을 위주로 훑었다.

"이곳에서 가장 지형이 험한 곳이 어딥니까?"

그의 물음에 에드워드는 한곳을 가리켰다. 해안선이 복잡했지만 약간은 만의 형식을 갖추고 있었다.

"이곳에 암초가 많아 배가 들어가기는 힘들 텐데요."

"힘들지만 배가 들어갈 수 없는 지역은 아니죠?"

상두의 물음에 그는 고개를 끄덕였다. 상두는 알겠다는 듯 옅은 미소를 보이며 지도를 덮었다.

황량한 평원의 끝자락으로 지프가 달리고 있었다.

평원의 끝은 해안선과 맞닿아 있는 절벽이었다. 이곳은 상두가 해적들의 아지트가 있을 것이라고 예상한 곳 근처였다.

"제가 같이 가줄 수 있는 곳은 여기까지입니다."

에드워드는 지프를 세우고 상두를 바라보았다.

그의 말에 상두는 고개를 끄덕였다.

에드워드가 해줄 수 있는 일은 여기까지다. 만약 해적기지를 찾는다고 해도 목숨을 건 소요가 있을 수 있다. 에드워드는 그것까지 같이 해줄 의리도 이유도 없었다.

상두는 해안선을 따라 움직였다.

해적들이 숨어 있을만한 공간을 찾기 위해서였다. 현지인들의 이야기를 빌리자면 이곳에서 어선들이 많이들 왕래한다는 것을 들었다. 항구가 될 만한 곳도 없고 삭은 선착장도 없는 것인데 어선들이 왕래한다는 것이 상두는 이상하게 생각이 들었다.

'역시나 내 생각이 맞았군.'

역시나 몇몇의 현지인이 어선을 타고 왕래하는 곳을 발견할 수가 있었다.

그들의 목적지에는 커다란 해안동굴이 위치해 있었다. 동굴은 삼화호 한 대는 들어갈 수 있는 정도는 될 정도로 규모가 컸다. 그리고 입구 주변으로 어선 몇 대가 보였다.

"오호라. 여기로군."

어선이 한 척도 아니고 여덟 척이 선착장을 놔두고 이런 곳에 자리를 잡을 이유는 없었다.

이곳이 바로 해적의 아지트일 것이다.

상두는 이곳에 삼화호가 있는지 확인하여 아지트인지를 확실히 할 필요가 있었다.

그는 몸을 숨기고 어선들이 빠져나갈 때를 기다렸다. 1척의 어선만 남겨두고 모두 이곳에서 벗어났다. 모두가 떠나기를 바랐지만 어쩔 수가 없었다. 1척 정도라면 그들의 경계를 피해서 잠입할 수 있을 것이다.

상두는 절벽을 타고 내려왔다.

어선의 시야각에서 최대한 벗어나서 아래로 내려왔다. 다행히 발각이 되지는 않았다.

그는 기민한 움직임으로 빠르게 이동했다. 동굴 안으로 들어서자 그 규모는 밖에서 볼 때보다 더 웅장했다.

"저기 있군."

그는 멀지 않은 곳에서 배 한 척을 발견할 수가 있었다. 선체 옆면에 'SamHwa'라고 프린팅되어 있는 것을 확인할 수가 있었다.

그는 다시 암벽을 타고 올라갔다. 삼화호의 갑판을 확인하기 위해서였다.

"사람들은 옮기지 않은 것 같군."

갑판을 지키고 있는 해적들이 있는 곳으로 보아 아직 배안
에 선원들을 억류하고 감시하는 것 같았다.

"그만 돌아갈까?"

오늘의 목적은 그저 탐색이었다. 직원들이나 선원들의 안
위를 살피고 싶었지만 괜히 긁어 부스럼이 될까 마음을 접었
다.

그는 벽을 타고 내려와 다시 기민하게 움직였다. 하지만 이
동하던 해적 한 명과 눈이 마주쳤다. 그를 발견한 해적은 주
변으로 큰소리쳤다.

"제길!"

상두는 빠르게 다가가 그의 복부를 걷어차 기절시켰다. 하
지만 이미 그의 외침에 동굴 전체로 퍼졌을 것이다.

"다 와서 일을 망칠 수는 없지!"

그는 빠른 속도로 내달리기 시작했다. 일반적인 움직임과
는 완전히 다른 땅을 접어서 나아가는 느낌!

오랜만에 축지를 사용했다.

그렇게 빠져나가는 그의 등 뒤로 총을 쏘는 소리가 들려왔
다. 하지만 축지로 내달리는 그에게 총알이 다가올 수는 없었
다.

"후우……."

해적들이 쫓아올 수 없는 곳까지 빠르게 내달린 상두는 한 시름 놓았다.

"일단 이 사실을 군에 알려야겠군."

상두는 온몸을 툭툭 털더니 아무렇지 않은 듯 에드워드와 약속한 장소까지 걷기 시작했다. 하지만 마음속에 직원들과 선원들을 두고 온 것이 마음에 걸렸다.

*　　*　　*

어두운 밤.

바다가 아주 작게 갈라지며 일직선을 그린다.

그것은 사람이 수영하며 이동하는 모습이었다.

그 일직선은 곡선이 되어 흐르더니 바다 위로 솟은 바위에 도착했다. 바위가 몰려 있는 이곳은 지형이 험해 사람들이 잘 다니지 않는 곳이었다.

수면을 뚫고 한사람의 모습이 드러냈다. 바위 위로 신속하게 오른 그는 산소마스크를 벗고 물안경도 벗어던졌다.

"이제 도착이군."

그는 상두였다.

그는 바위에 올라서 망원경으로 멀리 해안 동굴을 바라보왔다. 많은 어선들이 정박해 있었다. 어선으로 위장하고 있지만 분명히 해적들의 배임이 틀림이 없었다.

상두가 이곳에 온 이유는 삼화호를 구출하기 위해서였다.

사실 상두가 군에 삼화호의 위치를 알린 것으로 그의 일은 모두 끝난 것이었다. 하지만 상두의 생각은 달라졌다. 아무리 군함이라고 해도 이런 지형에 쉽사리 들어올 수 없을 것이고 시간을 지체하다 보면 삼화호에서 희생자가 생길 우려가 크다. 단신으로 들어가 재빨리 배를 탈취하고 군함과 합류하는 편이 나았다.

하지만 무엇보다 자신의 직원들을 그대로 두고 온다는 것이 마음에 걸렸던 것이다. 자신의 손으로 구해내고 싶었다.

"이제 방탄슈트 성능을 테스트해 볼까?"

그는 창수가 만든 방탄슈트를 입고 있었다. 하지만 테이저 건이라던지 슬라임건 등은 가져오지 않았다. 그는 맨손으로 싸우는 것이 편했고 또 익숙하다. 도구에 기댈 생각은 없었다.

망원경으로 다시 적진을 살폈다.

"후우. 숫자가 꽤 되는데?"

꽤나 많은 인원이 경비를 서고 있었다. 아무래도 일전에 상두가 들이닥친 이후 경비를 더 늘린 것 같았다.

하지만 그의 얼굴은 씨익 웃고만 있었다. 그에게 저 정도 인원은 별것이 아니었다. 수천 수만의 군대와도 맞선 그가 아니었던가. 총이 조금 걸리긴 했지만 그는 지금 방탄슈트를 입고 있었다.

그는 빠르게 경비 등을 피해 엄폐 은폐를 하며 빠르게 나아갔다. 하지만 엄폐할 물체들이 모자란 탓에 긴장하며 나아갔다.

그는 발걸음 소리도 나지 않았다. 덕분에 경비들에게 아직까지 들키지는 않았다. 사실 정면 돌파로 쓸어버리는 것이 더 편했지만 인질들의 안전이 확보되기 전까지는 들켜서는 안 된다.

그는 그렇게 해안 동굴로 빠르게 들어갔다.

"흠……."

바위 뒤에 몸을 숨긴 상두는 삼화호를 바라보았다. 삼화호까지는 길이 연결되어 있지 않았다. 더 이상 육로 진행은 무리.

"다시 바다로 들어가야겠군……."

상두는 해안 동굴로 이어진 바다에 몸을 맡겼다. 소리가 나지 않을까 노심초사하며 주변을 두리번거렸다.

그는 성공적으로 바다에 다시 진입했고 빠르게 배 아래쪽까지 나아갔다.

그들은 배를 올려다보았다. 높이는 생각보다 높지가 않았다. 삼화호의 규모가 그리 큰 상선이 아니기 때문이었다.

그래도 도구 없이 오르기에는 부담이 되는 높이었다. 게다가 아무리 상두가 큰 힘을 가지고 있다고는 해도 손가락을 넣을 틈이 없는 배를 오르는 것은 사실상 불가능했다.

"어쩔 수 없군."

그는 허리춤에서 무언가를 꺼냈다. 그리고 스위치를 누르자 퓨우우웅 소리를 내며 얇은 줄이 빠르게 날아갔다.

날아간 줄은 선체의 조금 윗부분에 붙었다.

"됐다."

상두는 줄을 타고 위로 올라가기 시작했다.

순식간에 갑판의 끝부분에 그들은 도착했다. 상두는 고개를 살짝 내밀어 갑판을 살폈다.

갑판 위를 지키는 인원은 모두 10명.

AK기관총을 들고 있는 그들은 뭐가 즐거운지 시덥지 않은 농담을 주고받고는 히히덕거렸다.

'갑판에 10명이라……'

갑판에 이 정도 인원이라면 선내에는 꽤나 많은 인원이 지키고 있을 것이다. 일단 갑판의 인원을 모두 정리하는 것이 가장 급선무일 것이다.

상두는 갑판으로 훌쩍 뛰어 올랐다.

그가 착지하자 당황한 해적들은 총을 겨눴다.

전광석화.

그는 놀라운 속도로 모두 10명의 인원들을 비명도 지를 사이도 없이 빠르게 쓰러뜨렸다.

"후우……."

그는 깊은 심호흡을 했다.

상두의 빠른 대처로 선내의 해적들과 동굴 안의 해적들에게는 들키지 않았다.

상두는 성큼성큼 선내로 들어갔다.

기다란 복도로 소말리아 해적이 다가왔다. 당황한 듯 상두를 바라보았다. 총을 겨눴지만 거리가 짧아 내쏠 수가 없었다.

상두는 빠르게 주먹을 내질렀다.

"크억!"

충격을 받은 그는 뒤로 넘어지며 무의식적으로 방아쇠를 당겨 버렸다.

두두두두!

총알 몇 발이 상두의 몸에 맞았다. 그러나 방탄슈트로 인해 튕겨져 사방으로 날아갔다.

"제기랄!"

상두는 당황했다.

소리가 분명 동굴에 있는 해적들에게까지 전해졌을 것이

다. 그렇다면 그들이 들이닥치기 이전에 제압의 피치를 더 올려 배안의 해적들을 제압해야 할 것이다.

상두는 빠르게 움직였다.

복도가 좁다 보니 상두에게 불리했다. 그것을 알고 있는 해적들은 상두에게 총을 난사했다. 하지만 총알은 상두에게 해를 입히지 못했다. 모조리 튕겨져 나가 사방으로 튀어 나갔다.

"이거 괜찮은데?"

총알이 닿을 때마다 각목이나 쇠파이프 등으로 풀스윙 당한 충격이 들긴 했지만 상두에게 그 정도의 충격은 충격도 아니었다.

상두는 방탄슈트 덕분에 빠르게 앞으로 나아갈 수가 있었다. 총이 무용지물인 인간을 제압하는 것은 쉬웠다. 화약무기에 몸을 기댄 인간은 지금 어떠한 생명체보다 약하다. 이 세계의 인간들도 검과 몸에 기대어 싸웠을 때에는 이렇게 연약하지 않았을 것이다.

"2층은 끝났고… 이제 아래층인가?"

손쉽게 갑판과 맞닿은 플로어를 정리할 수 있었다.

상두는 더 이상 지체하고 빠르게 선실이 있는 아래층으로 빠르게 뛰어 내려갔다.

1층을 모두 수색했다. 다행히 이곳에는 해적들이 보이지 않았다. 아무래도 부족한 인력을 커버하기 위해 갑판 쪽만 인력을 배치한 것 같았다.

선실마다 샅샅이 뒤졌다.

다행히 상처를 입은 선원들은 없었다. 모두 영양 상태가 좋지는 않았지만 그래도 살아 있었다. 그들은 갑자기 들이닥친 모국인의 모습에 어리둥절해 있었다. 그들은 고국에서 버려진 것으로 절망하던 차였다.

선원들을 모두 모으자 그의 눈에 굿 디펜더의 직원의 모습도 보였다. 극적인 해우가 없이 직원은 상두를 알아보고 눈인사를 했다.

상두 역시 그들의 눈인사를 받아 주었다.

"선장님 어디 계십니까?"

상두의 물음에 수염이 얼굴 전체에 까칠한 한 중년 남성이 부스스 일어났다.

"배가 움직일 수 있겠습니까?"

선장은 고개를 끄덕였다.

"아직 고장 난 구석은 없으니까요. 하지만 연료가 없을지도 모릅니다. 여기는 물자가 귀하다 보니 연료를 모두 빼내어 갔을 수 있습니다."

상두는 일단 고개를 끄덕였다. 어찌되었든 간에 적은 확률이나마 이곳을 벗어날 수 있는 것에 걸어야 했다.

"하지만 일단 배를 움직여 봐야 할 것 같습니다. 곧 군함이 도착하겠지만 일단은 이곳과의 거리는 벌려야 좋을 것 같습니다."

선장은 고개를 끄덕였다. 상두의 생각에 동조한 것이었다. 아직은 확실하게 구출된 것이 아니기 때문이다.

"좋습니다. 따라오십시오."

선장이 앞서 나가자 상두는 그와 대동하였다. 조타와 항해에 필요한 선원들도 뒤 따랐다.

브리지까지 가는 길에는 다행히 해적들이 들이닥치지 않았다. 하지만 이 정도 소요가 있었으니 갑판으로 해적들이 들이닥치는 것은 일도 아니었다.

브리지에 도착하자 선장의 얼굴이 굳어졌다.

"역시나 연료가 조금밖에 없군요."

"이 정도라면 어느 정도 이동할 수 있을 것 같습니까?"

"엔진이 시동할지조차 모르겠습니다."

선장의 표정이 어두워져 가는 가운데 굿 디펜더의 직원이 한 명 달려 들어왔다.

"해적들이 갑판으로 올라오고 있습니다!"

역시나 총소리를 듣고 그들이 반응한 것이다. 생각보다 빠른 반응이었다.

"선장님, 어떻게든 배를 움직여 보십시오!"

선장이 고개를 끄덕인 것을 확인한 상두는 빠르게 갑판으로 뛰어 나갔다.

갑판으로 해적들이 올라오고 있었다. 금세 선원들이 있는 플로어까지 침입할 것 같았다.

"비켜라, 이놈들!!"

그는 소말리아 진영에 강하게 착지했다!

쿠구구궁!!

요란한 소리와 함께 상두가 착지한 자리에 갑판이 둥글게 파였다. 충격으로 선체가 흔들리며 사방으로 후폭풍이 일었다.

덕분에 해적들은 중심을 잃고 휘청거렸다. 때를 노리고 상두는 빠르게 그들을 가격하기 시작했다. 주먹 하나 하나가 발차기 하나 하나가 그들의 움직임을 봉쇄할 수 있게 팔다리를 부서뜨리기 시작했다.

하지만 이내 중심을 찾은 해적들이 총을 난사하기 시작했다.

"크으윽!"

한두 명이 내쏘는 총알은 충격이 없을 정도였지만, 수십 명이 내쏘는 수백 발의 총알은 어느 정도 그의 몸에 무리로 작용했다.

하지만 그는 멈출 수 없었다. 그가 멈춘다면 모든 것이 수

포로 돌아간다.

그는 일단 쌓아놓은 상자 뒤로 몸을 숨겼다. 총이라는 것은 총알의 한계가 있는 법.

'조금만 기다리자, 탄창을 갈 때까지만!'

역시 마구 쏘다보니 총탄은 금세 끝을 보였다. 탄창을 갈려 그들이 잠시 머뭇거리는 사이!

"이놈들!!"

상두가 그들을 향해 달려 들었다.

해적들을 풍풍우처럼 제압하는 상두. 이윽고 탄창을 모두 교체한 해적들이 총을 내쏜다. 총의 세례를 받는 그는 다시 상자에 숨었다 나타나기를 반복했다.

하지만 그 모습에 해적들이 당황하였다. 당황을 넘어 공포로 작용하고 있었다.

상자에 잠시 몸을 숨겼다고 할지라도 총을 맞고도 걸어오는 무적의 전사.

이슬람인 그들은 마치 상두의 모습을 하늘에서 내려온 천사와도 같이 느끼는 듯했다. 전의를 상실하고 그저 멍하니 바라볼 수밖에 없었다.

상두는 그들 모두를 제압하고 바다로 던져 버렸다. 그리고 해적들이 올라오는 사다리들도 모두 제거했다.

그와 동시에 배가 시동이 되었고 움직이기 시작했다.

"됐다!"

상두는 한시름 놓았다.

온몸이 뻐근해 왔다. 하지만 그는 지금 아픔을 느끼지 못하고 있었다. 상두의 손에 무언가 떨림이 느껴지기 시작했다.

이것은 희열!

마치 대륙에서 마구 적진을 휘젓고 다니던 때가 생각난 것이다. 아직 그의 마음속에서는 대륙에서 활약하던 그때의 기운이 남아 있었던 것이다.

나아가던 배의 움직임이 서서히 멈추는 것을 느낄 수가 있었다. 상두는 브리지를 바라보자 선장은 고개를 절레 흔드는 것을 볼 수가 있었다. 역시나 연료가 부족했던 것이다.

상두는 배의 뒤쪽에서 바다를 바라보았다.

항구가 저 멀리 보이긴 했지만 해적들에게 따라잡히는 것은 시간문제였다.

역시나 고무보트와 소형 어선을 개조한 배들이 빠르게 다가오고 있었다. 해적들은 쉽게 포기할 것 같지 않았다. 하지만 상두도 포기하지 않았다.

"다시 한 번 놀아볼까……."

아직도 그의 마음속에 희열이 남아 있었다. 그 희열을 만끽하고 싶었다.

상두는 따라붙은 배들 중 하나에 빠르게 뛰어 내렸다.

착지할 때의 충격으로 인해 어선의 갑판이 부서지고 휘청거렸다. 해적들은 모두 중심을 잃고 휘청거렸다.

"다들 각오해라!!"

상두는 그렇게 외치고 해적들에게 몰아쳤다. 해적들은 폭풍우를 만난 듯 갑판에서 날아가 바다로 모두 내던져졌다.

그렇게 몰아치는 상두의 모습은 무척이나 즐거워 보였다. 지금껏 이 세계에 왔을 때 이후 이렇게 즐거워 보이는 그는 처음이었다.

다음 배를 향해 뛰어가려 하던 찰나!

저 멀리서 떠오르는 해와 함께 당당히 나아오는 대한민국 해군의 구축함들이 보였다. 상두는 이제야 안심이 된 듯 바다로 뛰어들었다. 그리고 빠르게 헤엄쳐 삼화호를 향했다.

삼화호에 오른 그는 거친 숨을 내쉬었다.

힘이 들어서가 아니었다. 아직도 희열이 남아 있는 것이었다. 그는 주먹을 꼭 쥐고 파르르 떨었다. 오늘의 이 희열감은 오랫동안 잊히지 않을 것 같았다.

*   *   *

상두는 소말리아에서 돌아오자마자 박강석에게 욕을 먹어야만 했다. 출발할 때 박강석에게 이야기도 하지 않았고 본인이 나간다는 말도 하지 않았던 것이다. 덕분에 박강석은 그가 돌아오는 날까지 계속해서 걱정을 했던 것이다.

그렇게 며칠을 시달렸다.

상두는 흐뭇한 표정으로 텔레비전을 바라보았다. 뉴스에서 계속해서 삼화호 구출 작전에 대해서 이야기가 나오고 있었던 것이다. 그 이야기의 중심에는 정체를 밝힐 수 없는 한 사람의 기적과도 같은 구출 작전이 소개되었다. 모두 소설이나 영화 속에서나 볼 수 있었던 일이라며 놀라워하고 있었다.

그 본인인 상두는 주먹을 꼭 쥐었다.

파르르 떨리는 주먹.

그때의 일을 생각하니 다시금 희열이 느껴진 것이다.

이 희열 오랫동안 지속될 것 같았다.

상두는 청와대에서 비공식 초청을 받았다.

극비리로 상두를 파견했다고 하지만 그래도 그의 공적은 지대하다. 대통령의 부탁으로 이뤄진 일이니 그가 만나서 치하는 해야 하지 않겠나.

청와대에 도착하자 만찬이 준비되어 있었다. 이미 대통령은 상두 일행을 맞이할 준비를 하고 있었다. 뿐만 아니라 상두의 활약을 알고 있는 정계 인사 몇몇의 얼굴도 보였다. 비공식으로 모인 자리이다 보니 많은 인원이 모일 수가 없었다.

"반갑습니다. 당신이 박상두 씨입니까?"

대통령은 상두에게 악수를 청했다. 상두 역시 그의 악수를
달게 받았다.

상두는 웃으면서 그의 얼굴을 살폈다. 한나라의 수장이라
는 사람이 실제로 보아도 조금 가벼운 느낌이 들었다. 약간의
실망감이 일었다.

만찬은 지루하게 진행되었다.

"지루한가 보군요."

상두의 옆에 앉은 대통령이 상두에게 질문했다.

"네, 많이 지루하군요."

상두는 고개를 끄덕이며 대답했다.

모두들 그의 대답에 눈을 크게 떴다. 격이 없다면 격이 없
는 모습이었지만, 이렇게 보면 한나라의 수장을 무시하는 태
도로 보일수도 있었다.

아무리 민주주의라고 해도 한나라의 수장에게 저렇게 아
무렇지 않게 대하는 상두의 모습이 눈에 거슬리기도 했고 놀
라웠다.

"하하, 솔직한 친구로구만."

하지만 대통령은 상두를 대범하게 받아 넘겼다. 가벼운 이
미지로 보인 대통령이었지만 그래도 상두의 행동을 웃으며

받아 넘기는 대범함은 있었다.

"지루하게 해서 미안합니다."

그가 손짓하자 그의 수행원이 무언가를 들고 왔다.

"이거 받으십시오."

대통령의 말에 수행원은 박스를 들어 보였다. 그것은 고급 시계나 보석을 담는 그런 분위기의 박스였다.

"이것은 무엇입니까?"

대통령이 눈짓하자 수행원은 그것을 열었다.

"훈장입니다."

훈장이라는 말에 상두는 눈을 크게 떴다.

훈장이라면 대륙으로 말하면 작위 수여가 아닌가. 상두는 대륙에서도 여러 작위를 받았지만 이 세계에서는 처음이었다.

하지만 일반 국민이 받을 수 있는 훈장치고는 꽤나 저급해 보였다. 순금이 아니라 금맥기인 것 같았다. 그러나 훈장의 가진 의미를 생각한다면 그런 것 따위는 생각하지 않아도 되었다.

대통령은 헛기침을 몇 번 하더니 입을 열었다.

"이런 훈장은 공식적인 자리에서 드리는 게 예의기는 하지만 일의 사안이 대외비여서 이렇게 수여할 수밖에 없군요."

그는 자리에서 일어났다. 그러자 상두도 자리에서 일어났다.

"귀하의 공적을 치하하여 국민훈장 무궁화장을 수여하는 바입니다."

대통령은 그렇게 말하고 상두의 왼쪽 가슴에 훈장을 달아주었다. 우레와 같은 박수를 쳤다.

상두는 뿌듯한 웃음을 보이며 훈장을 부여잡았다.

CHAPTER **05**
재회 (1)

커다란 창문을 여러 개 덧댄 풍경이 인상적인 사무실.

쐐나 고층인데다 빙음이 완벽히게 되어 있어 자동차 지나다니는 소리조차 들리지 않았다.

그 사무실의 의자에 기대어 앉아 생각에 잠겨 있는 상두.

책상에는 많은 서류들이 쌓여 있었다. 그 서류들에 지쳐 잠시 쉬고 있는 것 같았다.

굿 디펜더는 명실공이 국내 최고의 보안업체가 되었다. 꽤나 많은 정부청사의 경비를 맡고 있었다. 무엇보다 개인 보안

가입자 수만 해도 800만 명에 육박한다. 간단하게 휴대폰 어플만 깔면 보안 경비가 시작된다는 것이 가장 큰 장점이 되었다.

회사의 규모가 커지자 회사는 재빨리 이사진을 결성했다. 덕분에 상두가 해야 할 작업의 분량이 줄어들 거라 예상했지만 오히려 늘었다. 그만큼 지금 굿 디펜더의 규모는 상상을 초월한 것이다.

누군가가 노크를 한다.

보통은 비서를 통해서 문을 여는데 비서의 음성이 없다. 그리고 이윽고 문이 열렸다.

이렇게 대표의 방에 함부로 들어올 수 있는 사람은 한 사람뿐이다.

바로 창업 초창기 멤버 박강석이었다. 사원들의 훈련을 일선에서 행하고 있는 기업에는 없어서는 안 되는 인물이다.

"박 대표, 자고 있었나."

"아, 박 상무님. 아닙니다. 잠시 1년간 제가 달려온 길을 되짚어 보고 있었습니다."

"무슨 늙은이 같은 소리야."

상두는 웃으며 눈을 떴다.

"그런데 무슨 일로……."

"비서한테 이야기 못 들었나?"

상두는 알겠다는 듯 고개를 끄덕였다.

"이제 만나러 가려고 합니다. 이성만을……."

그는 인상을 찌푸렸다.

이성만.

그는 정말로 만나고 싶지 않은 사람이었다. 하지만 그를 만나지 않아 심기를 건드리면 회사에 어떠한 위해를 가할지 모른다.

아무리 싫은 사람이지만 그래도 만나야 한다. 회사를 위해서 자존심을 잠시 꺾고 허리를 숙일 줄 알아야 한다는 것을 이 세계에서 회사를 이끌며 배울 수가 있었다. 자존심을 내세우고 주먹으로 모든 것을 부숴 버렸던 대륙과는 다른 패턴이 필요로 한 것이었다.

오늘 그는 기사가 없이 혼자서 차를 몰았다.

테러단의 소탕 이후 사실 그들의 본부라고 할 수 있는 곳에 협박도 받았다. 덕분에 다시금 뉴스에 이슈화가 되기도 했다.

그래서 회사에서는 그의 경호의 숫자를 더 늘려야 한다는 목소리가 흘러나왔다. 하지만 상두는 단호히 하지 말라 명령했다.

그는 테러단이 습격한다고 해도 살아남을 수 있다. 중화기를 동원한다고 해도 그는 충분히 이겨낼 수 있을 자신이 있었다.

하지만 만약 경호가 붙는다면 이야기가 달라진다. 아무리 훈련을 받았고 날고 긴다고 해도 그들 역시 인간. 애꿎은 사람들의 목숨이 상할 수 있다. 그런 것을 상두는 보고 싶지 않았다.

상두는 몇 시간을 내달려 강원도에 있는 이성만의 저택에 도착했다.

그가 정문 앞에 서자 이제 경호원들은 그를 제지하지 않았다. 의례 이성만과 만날 것이라는 것을 알고 있었던 것이다.

그는 차에서 내렸다. 그리고 키를 경호원에게 넘겨주며 말했다.

"주차를 부탁합니다."

그의 말에 경호원은 고개를 끄덕이며 말을 이었다.

"안에서 회장님이 기다리십니다."

상두는 다른 경호원의 인도로 안으로 들어섰다.

"아. 올 때마다 짜증난다니까."

상두는 들어서자마자 인상을 찌푸렸다. 지금까지 이미 여러 차례 이성만을 만났다. 그리고 그때마다 노인네의 조롱을 받아야만 했다. 아무래도 그 노인네는 상두를 놀려먹는 것을 요즘의 낙으로 삼는 것 같았다.

　이성만은 정원에서 나무를 다듬고 있었다. 정원사가 해도 되는 일이지만 노인네의 소일거리 중 하나이다.

　"어, 왔구만."

　그는 상두를 발견하고는 한달음에 사다리에서 내려왔다.

　"어어어!"

　하지만 이내 사다리에서 떨어질 것만 같았다. 이윽고 정말로 사다리에서 떨어져 내렸고, 상두는 당황하여 빠르게 내달려 그를 받아 주었다. 인간의 능력을 뛰어넘는 속도를 본 이성만이었지만 그는 당황하지 않았다. 오히려 재미있다는 표정이었다.

　"역시나 잡아주었군. 일부러 떨어진 보람이 있어."

　상두는 인상을 찌푸렸다.

　또 노인네의 장난질에 넘어간 것이었다.

　"이런 장난 불쾌합니다."

　상두는 그를 내려놓았다. 하지만 이성만은 껄껄 웃는다.

　"자네를 골려주는 것이 세상에서 제일 재밌네그려."

　이성만.

　그는 카리스마로 뭉친 자였다. 그의 앞에 서는 모든 정재계 인사들은 오금을 전다. 그만큼 풍겨지는 느낌이 엄청난 것이다.

하지만.

그는 상두를 만나면 이렇게 천진난만해진다. 다른 인사들과 만날 때 냉혈한 같은 차가움이 느껴지지 않는 것이었다.

상두는 그 점이 도무지 이해가 되지 않았다. 상두는 다른 사람들과는 달리 아부도 하지 않았고, 그저 그에게 쌀쌀맞게 대할 뿐이었다.

"일단 서재로 들어가지."

"저는 바쁜 사람입니다. 용건을 간단히 말해주시죠."

상두는 이렇게 막대하고 있었다. 상두는 이성만이 싫다고는 했지만 그 모습은 마치 사이좋은 할아버지 손자 사이 같아 보였다.

물론 좀 버릇없는 손자처럼 보이기는 했다.

"일단 들어가세나."

상두는 그의 성화에 어쩔 수 없이 서재로 향했다.

서재로 들어온 이성만은 소싯적 그의 무용담을 풀어 놓았다.

한국전쟁 때 죽다 살아난 이야기, 협객 김두환과의 혈투, 사업을 일으킨 이야기.

하지만 상두는 그것이 지루했다.

상두는 대륙에서 그것보다 백배 천배나 스펙터클한 일들을 겪었다. 마신과 대면했던 그였다. 세계 멸망에 직면했던 그였다.

그것에 비하면 이 사람의 일화는 그저 평범한 것이었다.

"이런이런… 노인네가 또 이것저것 이야기를 꺼내 버렸구만. 미안허이."

이성만은 그렇게 이야기하고 다시 심각한 표정을 지었다.

차라리 그는 이렇게 진지한 모습이 더 좋았다. 이성만의 인간적인 모습을 보는 것은 약간은 가증스럽게 느껴진 탓이었다.

"자네 혹시 정치를 해볼 생각이 없나?"

갑작스러운 물음에 상두는 잠시 이성만 회장을 바라보았다. 하지만 이내 차가운 표정으로 이죽거렸다.

"지금 저보고 똥통으로 들어가라는 말씀이십니까?"

상두의 대답에 이성만은 다시금 껄껄 웃는다.

"자네의 말이 맞구만, 똥통! 하지만 그 똥통에는 금붙이도 있고 은붙이도 있지."

이성만 회장의 말에 상두는 인상을 찌푸리며 말을 이었다.

"어찌 되었든 간에 저는 그런 똥통에 들어가는 것이 싫습니다."

상두의 단호한 태도에 이성만은 그를 진중한 표정으로 바라보았다. 무언가 상두의 마음을 꿰뚫어 보는 것 같은 느낌이 들었다. 상두는 그 모습에 약간 긴장 상태가 되었다.

"야망이 없는 사내는 죽은 것이나 마찬가지네. 자네도 야망이 있지 않은가. 그렇지 않아?"

그리고 계속 상두를 바라보았다. 계속해서 사람의 마음을 꿰뚫어 보는 것 같은 기분 나쁜 눈초리였다.

상두는 말이 없었다. 이성만 회장의 눈빛을 바로 볼 수가 없었다. 그저 침만 꼴깍 삼킬 뿐이었다. 대륙에서도 이렇게 기분 나쁜 눈초리는 본 적이 없었다. 모든 것이 까발려진 것 같은 기분이 드는 눈빛이었다.

그렇게 느껴지는 이유는 단 하나였다.

그 역시 야망이 생겼기 때문이다.

바로 이 나라의 정점에 서고 싶다는 야망!

"난 이 세계에서 야망에 가득 찬 사람들을 많이 만나봤네. 그러니 내 눈은 속일 수가 없어. 자네는 지금 마음속에 불타오르는 야망이 있을 텐데?"

상두는 고개를 절레절레 흔들더니 자리에서 일어났다. 야망이 있어도 그에게만은 말하고 싶지 않은 것이었다.

"더 이상 쉰 소리를 듣고 싶지 않군요. 일어나 보겠습니다."

그의 말에 이성만은 팔짱을 끼고는 인상을 찌푸리고 상두를 한참을 보더니 고개를 끄덕였다.

어차피 이성만으로서는 저 고집을 꺾을 수 없다는 것을 알고 있었다.

"그래, 가봐. 심심하면 또 부르지."

상두는 인상을 한번 찌푸리며 대답했다.

"그러지 마십쇼. 나도 바쁜 사람입니다."

그렇게 쥐어박고는 그는 밖으로 나갔다.

"야망이라……."

복도로 나온 그는 그렇게 읊조렸다.

상두 역시 야망은 있다. 이 나라의 정점에 서고 싶다.

하지만 상두가 이 나라의 정점에 서고 싶은 이유는 개인적인 영달 때문은 아니었다.

"뜯어 고치고 싶다……."

상두는 이 나라를 뜯어 고치고 싶었다.

불법과 탐욕이 넘치는 이 나라를 뜯어 고치고 싶었다.

그렇다면 이 나라의 민주주의로는 그것이 불가능하다. 민주주의는 필연적으로 부패가 수반된다. 그렇다고 사회주의는 너무 이상론이다. 이상론이기에 현실화 될 수가 없었다.

"강력한 지도자… 강력한 법체계……."

이 나라는 강력한 리더십과 어디에도 흔들리지 않는 법체계가 필요할 것이다.

어쩌면 그가 원하는 것은 어쩌면 중국의 춘추전국시대에 발생해 진나라 때 위세를 단단히 했던 법가사상과 근접할 것이다.

어찌 되었든 간에 이 나라의 정점에 서려면 기반이 필요하다. 그 기반을 닦기 위해서는 열심히 하는 수밖에 더 있겠는가.

하지만 열심히 한다고 해서 되는 것은 아니었다. 운도 한편이 되어야 하는데.

그렇게 생각에 잠겨 있던 그의 눈에 누군가의 모습이 들어왔다.

"어……?"

상두의 눈이 점점 커진다. 눈시울도 약간은 붉어지는 것 같았다.

조금씩 다가오는 여자.

깔끔한 H라인 스커트 정장을 입고 화장을 조금은 짙게 한 여자.

가슴이 먹먹해져 왔다.

바늘로 가슴을 팍팍 찌르는 듯 아파왔다.

"수민……."

그녀는 수민이었다.

어쩔 수 없이 떠나보낸 바로 그녀였다.

1년 동안 보지 못했는데 많이 변해 있었다. 청순하고 아름다웠던 그녀는 이제 없었다. 웃음기는 전혀 없고 그저 차가운 한기만 느껴지는 그런 얼굴이었다. 마치 세파에 많이 찌든 그런 여인의 얼굴이었다.

그녀는 상두를 보고도 흔들림 없이 지나쳤다. 하지만 상두는 그럴 수 없었다.

"수민아……."

그의 나지막한 부름에 수민이 잠시 걸음을 멈추었다. 하지만 상두를 무시하고 다시금 걸음을 내딛었다.

"수민아……."

상두는 다시금 그녀를 부른다. 그제야 그녀는 멈춰서 상두를 보지 않은 채 대답했다.

"왜 그러시죠?"

차갑다.

그녀의 대답은 차갑다.

서릿발이 내린 듯.

세찬 눈보라처럼.

"잠깐 이야기 좀 할 수 있을까?"

"저는 당신과 이야기할 이유가 없는데요?"

그녀는 상두와 이야기를 나눌 생각조차 없는 것 같았다. 하지만 상두는 또다시 포기하지 않았다.

"이 앞에서 기다리고 있겠어. 한 시간이 되던 두 시간이 되던."

"그러시던지."

그녀는 다시금 차갑게 읊조리고 다시 복도를 걸었다.

상두는 밖으로 나와서 기다렸다.

경호원들은 아직 돌아가지 않는 상두를 이상한 눈으로 바라보고 있었다.

"수민……."

그녀의 이름을 부르니 가슴이 먹먹해졌다.

변해도 너무 변했다. 그렇게 변하는 것에 자신이 일조했다는 것에 너무도 힘이 들었다. 해야 할 일을 했다고 생각했지만 수민을 보니 마음이 흔들리는 것은 어쩔 수 없었다.

한 시간.

또 두 시간.

아직 수민은 나오고 있지 않았다. 탐욕스러운 이성만 회장이 수민이에게 무슨 짓을 할까 생각하니 피가 거꾸로 솟는 것만 같았다.

온몸이 꿈틀거렸다.

이대로 모든 것을 박살 내고 싶었다. 상두는 그럴만한 힘이 있었다.

하지만 할 수 없었다. 참아내야 한다. 자신의 힘을 발휘하면 주변의 모든 것에 피해를 입을 수 있다. 상두는 이를 강하게 깨물었다.

"젠장!"

더 이상 참을 수가 없었다. 상두는 성큼성큼 다시 문 앞으로 다가갔다.

"왜 가지 않으십니까?"

경호 책임자가 상두에게 물었다.

"비켜요."

"무슨 일인지 모르겠지만 당신 눈빛을 보니 비킬 수가 없을 것 같군요."

그 역시 이글이글 불타오르는 상두의 눈빛을 본 것이다.

"비켜……."

상두는 강하게 그를 노려보았다.

오금이 저릿저릿한 눈빛.

"아, 알겠습니다……."

그는 상두의 분위기에 압도되어 길을 터줄 수밖에 없었다.

상두는 안으로 들어섰다. 그가 향하는 곳은 이성만의 서재였다. 그곳에서 어떠한 일을 벌일지 생각하니 치가 떨려왔다.

하지만 상두는 쉽사리 앞으로 나아갈 수가 없었다. 경호원들이 그의 앞을 막아섰기 때문이다.

경호 책임자가 길을 터주긴 했지만 아무래도 안 되겠다 싶었는지 안에 있는 경호원들에게 연락한 것이다.

"비켜……."

상두가 그렇게 읊조렸다. 하지만 그들은 이곳을 지킬 책임이 있었다. 이곳에서 자리를 비운다는 것은 그들의 책임을 외면하는 것이다.

"제압해."

책임자의 명령에 모두 상두에게 달려들었다. 하지만 그에게 닿기도 전에 그들은 쓰러졌다. 마치 마술을 부리는 것 같았다.

"다 덮쳐!"

도저히 안 되겠는지 경호원들은 상두에게 모두 달려들었다. 마치 옷가지를 쌓아놓은 듯 상두의 위를 뒤덮은 경호원들!

"하압!!"

하지만 상두의 기합이 터져 나오자 모두 정말로 옷가지들처럼 날아가 바닥에 처박혔다.

순식간에 수십 명의 경호원이 쓰러져 신음하고 있었다. 상두는 그들을 한번 훑으며 노려보았다. 모두들 상두의 야수와 같은 눈초리에 벌벌 떨었다. 더 이상 상두에게 덤벼들 엄두가 나지 않았다. 다시 한 번 덤벼들었다가는 죽지는 않겠지만 불구자가 될 것만 같았다.

상두는 성큼성큼 걸어갔다.

상두가 향하는 곳은 이성만의 서재.

탐욕스러운 자였다.

그런 자가 젊고 아름다운 수민을 보고 그냥 지나치지는 않을 것이다. 아마 지금껏 여러 차례 그녀를 농락했을 것이다. 그것을 생각하니 상두의 피가 거꾸로 솟는 것 같았다.

그는 서재 앞에 섰다.

문고리를 돌려 보니 역시나 잠겨 있었다. 상두는 생각할 사이도 없이 문고리를 우지끈 하며 분질러 버렸다. 그리고 문을 발로 차 벌컥 열었다.

"수민!"

상두는 수민을 크게 부르려다 목소리가 작아졌다.

"아……."

두 사람은 서재에서 서류를 검토하고 있었던 것이다.

"이게 무슨 짓인가, 상두 군."

이성만의 얼굴에는 약간의 노기가 띄어 있는 것이 보였다. 하지만 수민은 그저 차만 마실 뿐이었다.

상두는 자신의 생각이 완전히 빗나간 것을 깨닫고는 얼굴이 붉어졌다. 하지만 이성만과 수민이 함께 있는 것을 볼 생각은 없었다.

"일어나."

상두는 수민의 손목을 잡았다.

"이거 놓으세요."

수민은 상두를 거부했다. 하지만 상두는 포기하지 않았다.

"일어나라고!"

그는 억지로 수민을 일으켜 끌고 나오듯 서재를 빠져나왔다.

"허, 거참……."

이성만은 상두의 행동에 당황했는지 헛웃음을 보였다.

하지만 이런 어디로 튈지 모르는 행동이 바로 상두의 매력이었다.

두 사람은 밖으로 나왔다.

"잠시 이야기 좀 해."

상두가 물었다. 하지만 그녀는 그를 바라보지 않는다. 얼음장 같은 기운만 내뿜고는 경호원이 끌고 온 자신의 차로 향할 뿐이었다.

"이야기 좀 하자고!"

상두는 그녀의 팔을 잡았다.

"이거 놔요."

"잠깐이면 돼."

상두의 애원에 그녀는 어쩔 수 없이 고개를 끄덕였다.

두 사람은 차를 몰고 가까운 읍내에 있는 카페를 향했다. 너무 두메산골이다 보니 카페를 찾는 것도 너무 힘들었다. 그들은 시골의 한 다방으로 향할 수밖에 없었다.

그곳에 도착한 두 사람은 한동안 말이 없었다. 그저 달달한 다방커피만 조금씩 마실 뿐이었다.

이 침묵을 깨기 위해 상두는 조용히 입을 열었다.

"거기는 무슨 일이야?"

"회장님께 드릴 말씀이 있어서."

그녀는 짧게 대답했다.

"내 말은 그 탐욕스러운 노인네에게 무슨 볼일이 있느냔 말이야!"

상두는 조금 격앙 되었다. 하지만 그녀는 차분했다.

"내 후견인인데요."

"후견인?"

"내 사업을 도와주시고 있어요. 당신이 상관할 바가 아닐 텐데요?"

사실 그랬다.

상두가 그녀의 일에 상관할 이유는 이제는 없다. 말문이 막혔다.

그녀는 비웃음을 보이며 자리에서 일어났다.

"그만 가볼게요. 당신과 동석하고 싶지 않아요."

상두는 그녀를 물끄러미 바라보았다. 너무도 변해 버린 그녀의 모습에 상두는 알 수 없는 분노가 흘러내렸다.

"이성만이 어떤 사람인 줄 아는거야!"

상두는 울컥 소리를 질렀다. 그녀는 차가운 시선으로 그를 바라보며 읊조렸다.

"어르신에 대해서는 당신보다 내가 더 잘 알아요. 그러니 말 함부로 하지 마요."

그녀는 그렇게 말하고 다방을 빠져나갔다.

그녀가 나가고도 상두는 한참을 다방에 앉아 있었다. 시켜 놓은 차도 마시지 않았고 그저 멍하니 생각에 잠겨 있을 뿐이었다.

다방의 아가씨가 다가와 그에게 교태를 부렸지만 그가 무

반응이자 껌을 짝짝 씹으며 돌아갔다.

"모두가 나 때문이다……."

그가 화가 나는 것은 다름이 아니었다.

이성만의 노리개가 되어 살아가는 그녀를 도무지 참을 수가 없었던 것이다. 그녀가 그렇게 된 것에는 역시나 상두가 직접적인 영향이 있었으니. 박경파를 그렇게 죽고 난 뒤 상두를 원망했을 것이다. 그렇기에 복수를 위해서 그녀는 이성만에게 손을 벌려야 했을 것이다.

그렇게 된 것이 상두는 너무도 가슴이 아프고 쓰렸다.

이성만은 탐욕스럽고 교활한 자.

그가 그녀에게 어떠한 일을 시킬지 생각하니 상두는 미친 듯이 열이 뻗쳐 나왔다. 하지만 그가 해줄 수 있는 것은 없었다.

"나는 아무것도 아니니까……."

그녀의 말대로 상두는 상관할 이유가 없는 그런 사람이니까.

그는 두 손을 바라보았다.

무력감이 밀려왔다.

기업을 이 정도까지 키워냈다. 어떠한 일에도 그는 힘을 내어 전진했다. 그런 힘을 낼 수 있었던 것은 그의 주먹의 힘 때문이었다. 직접적으로 도움이 되었다고는 할 수 없지만 그가 힘이 있기에 자존심을 세울 수 있었던 것이 사실이다.

하지만 그녀에게는 이 힘이 전혀 소용이 없었다. 상두는 한없이 그저 생각에 잠겨 버렸다.

                    *   *   *

상두는 이성만에게 다녀온 다음날 쉴 틈도 없이 김 의원을 만나러 갔다. 하지만 이성만을 만나는 것처럼 기분이 나쁘지 않았다.

김 의원은 지금 상두의 후견인이나 다름이 없었다. 그의 호출이라면 당연히 가봐야 한다.

물론 그도 비리가 아주 없는 것은 아니었다. 하지만 나라를 위하는 마음이 분명히 있었고, 어떻게든 당을 제대로 이끌려고 노력하고 있었다.

그는 강남의 고급 횟집으로 향했다.

횟집에는 이미 김 의원이 도착해 있었다. 약속시간이 10분 정도 남아 있었는데도 상두는 마음이 바빠졌다.

안으로 들어가자 김 의원이 반갑게 그를 맞이했다.

"아아, 왔는가."

그의 옆에는 야당의 힘 있는 의원 몇 명이 보였다. 상두는 그들에게 고개를 숙여 인사했다.

상두가 자리에 앉자 화기애애한 이야기들이 오고갔다. 그의 사업에 전반적으로 도움을 주겠다는 약속까지 받아냈다.

어느 정도 분위기가 무르익자 김 의원이 심각한 표정으로 물었다.

"이성만을 자주 만난다는 소리를 들었네."

그의 말에 상두는 씁쓸한 인상을 지었다.

"그에게는 어떠한 도움도 받지 않았습니다."

"알고 있네. 자네가 그자에게 도움을 받을 사람이 아니라는 것쯤은 알고 있으니. 하지만 그와 자꾸 접촉을 하면 소문이 나쁘게 날 거야. 자네 언젠가 정계에 진출할 거 아닌가."

상두는 그의 말에 씁쓸한 미소를 보였다. 그 역시 상두를 욕심내는 것 같았다.

김 의원은 답답한 듯 술을 한잔 들이켰다.

"자네도 알다시피 이성만의 위세는 대단하네. 집권당을 장악한 것은 물론이거니와 우리 당에서도 그의 도움을 받은 의원들이 조금씩 등장하고 있어."

상두는 고개를 끄덕였다. 그 역시 그 사실을 알고 있었다. 이성만은 유망한 젊은이들에게 정부의 요직이나 유망한 자가

될 때까지 지원한다. 그 이후에 이성만이 지원했다고 밝히게
되고 그들은 어쩔 수 없이 이성만을 따라야 하게 되는 것이
다.

"그만큼 지금 정치계에는 강단이 있는 정치인들이 부족하
다는 거야. 답답할 노릇이지."

그는 다시금 사케를 한잔 들이키고 물었다.

"이성만이 정치입문을 제안하던가?"

상두는 고개를 끄덕이고 대답했다.

"하지만 그의 제안은 받아들이지 않았습니다. 저는 아직
정치를 할 생각이 없으니까요."

그의 말에 김 의원이 입을 열었다.

"잘 했네. 하지만 언젠가는 자네도 정치에 입문해야 하네.
이 나라 정치판에는 자네 같은 강단이 있는 인물이 필요하
니."

상두는 고개를 끄덕였다.

"내가 분위기를 너무 망친 것 같군. 자자, 술이나 마시세."

김 의원이 히죽 웃으며 모두에게 술을 따라주었다. 그렇게
다시 화기애애한 분위기는 이어졌다.

집으로 돌아가는 길.

상두는 생각에 잠겼다. 이성만도 김 의원도 그에게 정치를
권한다. 정치를 하게 되면 분명히 권력이 생긴다. 하지만 그

가 바라는 정점은 정치로만 얻을 수 있는 것이 아니었다.

그는 회사에 들렀다.

그가 간 곳은 직원의 훈련이 이뤄지는 체육관이었다. 그곳에서는 아직도 훈련이 이뤄지고 있었다.

마치 사병.

상두는 이들을 바라보며 읊조렸다.

"열심히 해라. 분명히 언젠가 너희들을 써먹을 날이 올 테니까."

상두는 그렇게 읊조리며 다시 돌아섰다.

CHAPTER **06**
이동민

사이렌이 급박하게 울린다.

경찰들이 일사분란하게 움직인다.

하지만 아직 경찰 특공대는 도착하지 않았다. 일반 형사들
은 그저 발만 동동 구를 수밖에 없었다.

열 명 정도의 집단이 사람들을 인질로 삼고 있었다.

사이코패스로 알려진 자들이 모여서 사람들을 도륙하고
이제 그것이 발각되자 인질을 잡고 농성 중인 것이다. 게다가
경찰 무기고에서 탈취한 총기류까지 들고 있어서 그 사안은
더욱더 심각했다. 그 죄질이 오래전 뉴스를 장식했었던 지존

파를 능가하는 것이었다. 그들은 그래도 가진 자들에 대한 분노로 인해 범행을 시작했지만 이들은 그저 재미로 시작한 것일 뿐이었다.

일반 주택에서의 농성.

그래서 더 위험하다. 주변으로 다른 인가들에게까지 피해를 입힐 수 있기 때문이었다. 이미 주변의 인가들에 모두 대피를 시켰고 농성하는 주택을 경찰병력으로 둘러싸 고립시켜 놓았다.

그들의 요구조건은 간단했다.

그들에게 100억의 돈과 해외로 안전하게 피신할 수 있는 방법을 강구해 달라는 요구였다. 정말로 말도 안 되는 그런 요구조건이었다. 그런 조건이 받아들여질 리 만무했다. 그래서 이렇게 대치하고 있는 것이었다.

하지만 시간이 끌수록 인질의 생명은 위험해진다. 경찰들은 긴장감에 목이 타는 듯 침만 꿀꺽 삼킬 뿐이었다.

두두두두.

어디선가 헬기의 프로펠러 소리가 요란하게 들려온다.

"아. 또 저 녀석들인가……."

경찰들은 올 것이 왔다는 듯 인상을 찌푸리며 하늘을 올려다보았다.

—걱정 마십시오! 굿 디펜더가 있습니다! 걱정 마십시오!

굿 디펜더가 해결해 드립니다!

라는 녹음된 음성과 함께 그들의 CM송이 들려왔다.

경찰들은 바닥에 침을 퉤 하고 뱉었다.

그들은 요즘 전국적으로 선풍적인 인기를 끌고 있는 사설
보안 업체 굿 디펜더였던 것이다. 그들은 언제나 이렇게 회원
이 사건에 직면하면 나타난다. 그것도 경찰보다 빠르게.

덕분에 경찰들은 언론의 무능함으로 폭격을 맞았고, 말단
형사들은 위선에서 호통을 듣기 일쑤였다. 경찰들에게 그들
은 보기 싫은 놈들이었던 것이다. 게다가 오늘도 경찰특공대
가 들이 닥치기 이전에 도착했다.

헬기가 인질이 있는 주택의 상공에 다다르자 동시에 헬기
에서 여러 명의 사내가 그대로 뛰어내렸다. 낙하산이 없는 그
들의 옷은 윙슈트였다. 고도가 높은 곳에서만 사용되는 것과
는 달리 이것은 특수하게 제작되어 고도가 그리 높지 않아도
활공할 수 있게 만들어졌다.

그들은 빠르게 집 옥상에 착지했다.

고글을 벗는 그들의 중심에는 상두가 서 있었다.

대략 반년 전 소말리아에서 희열을 느낀 뒤 중대한 사건이
벌어지면 이렇게 현장에 나타나곤 했다. 덕분에 사장이 목숨
을 걸고 임한다는 이야기가 인터넷에 퍼져 굿 디펜더의 이미
지는 한층 더 올라섰다.

게다가 그가 참여한 날에는 뉴스에 연일 보도도 되곤 했다.

옥상에 올라선 이들은 줄을 걸고 라펠로 빠르게 창으로 내려오더니 발로 유리창을 깨고 안으로 들어섰다. 안으로 들어서자마자 빠르게 적들에게 달려갔다.

인질은 모두 4인!

상두가 인질을 잡고 있는 자들에게 달려들었다. 그들은 당황하여 총을 들고 난사했다!

하지만 그들의 움직임은 상두의 눈에 선하다.

그들의 방아쇠를 당기는 근육의 미세한 움직임과 공기의 울림만 느낀다면 총알을 피하는 것도 일은 아니다.

그는 거의 몸을 움직이지 않은 상태에서 총알을 모두 피했다. 그것이 인질범들에게는 마치 몸을 움직이지도 않았는데 칼이 스쳐 지나가는 것처럼 보였다.

그들은 눈을 크게 떴다. 귀신에 홀린 듯 느껴진 것이다. 하지만 그들 중 가장 독한 '놈'이 상두를 향해 회칼을 휘두른다. 상두는 그 칼날을 그대로 손으로 잡았다. 약간의 상처가 생겼고 피가 칼날을 타고 흐른다.

상두는 그를 그대로 노려보았다.

야수가 먹잇감을 노려보듯 그렇게 강렬한 살기가 담겨 있었다.

"으… 으윽!"

인질범은 상두에게 두려움을 느꼈다. 이것은 인간적으로 느끼는 그런 두려움이 아니었다. 야수에게 느껴지는 동물적인 두려움.

그는 그대로 겁을 먹고 쓰러졌다.

상두는 그의 배를 걷어찼다.

"크으억! 아퍼! 아프다고!"

그는 배를 잡고 소리 지르며 뒹굴었다. 그런 그의 모습을 보고 상두의 얼굴이 일그러졌다.

"아프다고?"

상두는 그에게 다가가 그를 마구 두들기기 시작했다.

"다른 사람들은 그렇게 죽여 놓고 아프다고? 아파? 아파!!"

그의 눈에는 분노가 일었다.

상두도 대륙에서 많은 생명을 빼앗았다.

하지만 그 이후 죄책감이 엄청났다. 정의를 위해서 나라를 위해서 죽인 생명들이지만 대륙에 있을 때 늘 악몽에 시달려야 했다. 죽이면서도 그는 그들의 명복까지 빌어주었다. 대의를 위한 생명의 거둠도 이렇게 그 무게감이 큰데, 이들은 그저 장난으로 사람을 죽이고 있었다.

그가 죽일 듯이 구타를 하지 주변의 인질범들은 전의를 상실해 무기를 내렸다. 굿 디펜더의 직원들이 그들을 모두 포박했다.

"그만하세요, 대표님."

직원들이 상두를 말렸다. 그대로 두었다가는 인질범이 죽을 것만 같았다.

"후우……."

상두는 한숨을 내쉬었다.

"으으으… 으으으……."

인질범은 상두의 발아래에서 아이처럼 흐느꼈다. 하지만 정작 그는 몇 대 맞지 않았다. 그가 등지고 있는 벽과 그가 누워 있는 바닥이 움푹 패여 있었다.

폭력은 없었다.

제압만 있을 뿐이었다. 상처 하나 없는 범인들을 얼굴을 보면 알 수 있는 것이었다.

그들은 인질들에게 안심을 시켰다.

직원 중 몇 명이 먼저 인질들을 데리고 밖으로 나갔다. 인질들이 모습을 드러내자 밖에서는 환호성을 질러댔다.

상두는 이윽고 범인들을 일으켜 세웠다.

"일어나."

그의 명령에 반항했다.

"말 듣는 게 좋을 텐데?"

상두의 으름장에도 그들은 반항했다.

"네놈들이 선택한 거다."

상두는 그들의 다리를 전기충격기로 지졌다.

"크아아악!"

날카로운 비명을 지르고 고통에 몸부림을 한번 치더니 상
두의 말을 들었다.

상두는 그들을 이끌고 밖으로 나왔다.

모여 있던 사람들의 함성이 다시금 터져 나왔다. 또다시 굿
디펜더의 활약이 빛나는 오늘이었다. 게다가 오늘은 그 회사
의 대표인 상두와 함께였다.

반면 경찰들은 기분이 좋지가 않았다. 그들이 해야 할 일을
굿 디펜더에서 뺏어서 하고 있었다. 물론 그들의 일거리가 줄
어드는 것이 이상적인 사회이다. 하지만 다른 곳에서 그들의
일을 날치기 한다면 이야기는 달라진다. 또다시 한바탕 윗사
람들과 언론에 깨질 생각을 하니 그들은 벌써부터 가슴이 답
답해왔다.

기자들이 몰려왔다.

상두를 인터뷰하기 위해 몰려들었다. 그들에게 박상두는
요즘 가장 핫한 기사거리다. 젊은 회사대표에다가 인물도 출
중했고, 게다가 이런 위험한 현장에까지 출동한다. 대중의 욕
구를 충족시키기에 충분했다.

여러 가지 질문이 쏟아졌다. 하지만 상두는 그들의 질문에
답하지 않았다.

"피곤해서 이만."

그는 극도로 언론에 노출되는 것을 자제했다. 그것이 신비주의 마케팅이 되어서인지 인기는 한층 더 올라가는 이유가 되었다.

상두는 다시 헬기에 올라탔다.

그 헬기는 빠르게 날아가 본사의 건물 옥상에 안착했다.

상두가 내리자 임원들이 나아와 마중했다. 그중 박강석은 상두가 걱정되는 눈빛으로 바라보았다.

"대표가 자꾸 이렇게 실전에 나가면 되겠습니까."

강석의 말에 상두는 웃음을 보이며 대답했다.

"우리 회사의 저력을 보여주려면 역시나 내가 나가야죠. 결과는 좋습니다."

상두는 그의 어깨를 툭툭 두들기고 건물 안으로 들어갔다. 박강석은 그의 뒤를 따르며 고개를 흔들었다.

"저 고집을 누가 말려……."

하지만 박강석은 웃음을 보였다. 사실 저런 매력 때문에 상두를 계속 옆에서 지켜온 것이었다.

*   *   *

굿 디펜더 또 하나의 역사를 쓰다.

누군가가 신문을 읽는다.

기사는 굿 디펜더의 박상두에 관한 이야기였다. 기사를 읽는 그의 손이 파르르 떨렸다.

"상두 놈… 제길……."

신문을 읽는 그의 눈은 한쪽밖에 없었다. 오른쪽 눈을 안대로 가리고 있었다. 그는 바로 이성만의 손자 이동민이었다.

"빌어먹을 놈."

그는 더 이상 박상두의 기사를 읽기 싫은 듯 신문지를 구겨 아무렇게나 던져 버렸다.

"으윽!"

그는 갑자기 오른쪽 눈을 부여잡았다.

"누… 눈이 아파!"

그의 눈을 앗아간 것은 박상두.

그의 기사를 읽으니 다시 있지도 않은 오른쪽 눈이 아파왔다.

환상통이었다.

"빌어먹을!! 빌어먹을!!"

그는 집안의 집기를 모두 내던지기 시작했다. 그의 눈에 약간의 눈물도 맺히는 것만 같았다. 한참을 그렇게 난동을 부리고 나서야 마음이 조금 안정이 되는지 가쁜 숨을 내쉬며 주저앉았다.

그때 누군가가 그의 방에 노크를 한다.

"들어와."

들어온 사람은 그의 비서였다.

"또 방을 어지럽히셨군요."

그는 인상을 찌푸렸다.

"무슨 일이야."

동민은 그와 말을 더 잇기 싫은지 이곳에 온 이유를 물었다.

"회장님께서 호출하셨습니다."

"할아버지가? 왜?"

그는 조금은 놀란 듯했다.

상두에게 눈을 빼앗긴 후 그는 폐인처럼 오피스텔에 처박혀 있었다. 그런 동민이 보기 싫어 이성만은 그를 보지 않은 지가 반년도 넘었다.

"저도 이유는 잘 알지 못합니다만, 호출이십니다."

비서의 말에 그는 고개를 갸웃거렸다.

"무슨 일이지……."

그는 일단 대충 옷을 차려 입고 밖으로 나갔다.

뒷좌석에 앉아 있는 내내 그는 마음이 편치 않았다. 지금 상태에서 할아버지가 그를 부른다는 것은 그리 좋은 이야기를 해줄 것 같지가 않았기 때문이었다. 잔소리만 잔뜩 듣고 돌아올 것 같았다.

"노인네가 무슨 말을 하려고……."

그는 가는 내내 불안한 마음으로 손톱을 피가 나도록 물어 뜯었다.

사실 가장 두려운 것은 이렇게 자신의 모습이 변해 버려 할 아버지가 그를 내칠까 하는 것이었다.

이성만의 저택에 도착했다.

동민은 안으로 들어섰다.

저택의 정원에 마련된 테이블에서 이성만은 차를 마시고 있었다. 이동민이 오자 이성만은 그를 차가운 눈으로 바라보 았다.

"못난 놈……."

그렇게 읊조리는 이유는 피가 떨어지는 그의 손톱을 바라 보았기 때문이었다.

"아직도 그 버릇을 고치지 못했느냐."

할아버지의 말에 그는 고개를 떨구었다.

늘 그에게 자애로운 이성만이었다. 하지만 상두와의 일 이 후에는 그에게 차가운 눈빛만 보이고 있었다. 마치 약한 새끼 를 필요 없다고 바라보는 맹수의 눈빛이랄까. 그것이 동민의 마음을 너무도 아프게 만들었다.

동민은 고개를 숙이고 있었다. 그러면서도 계속해서 손톱을 물어뜯었다.

"그만하지 못해!"

이성만의 으름장에 그는 손톱을 물어뜯는 행동을 그만두었다.

"총명하던 놈이 왜 이렇게 변한 거냐! 이래서 어떻게 나의 모든 것을 네가 이어 받을 수 있겠냔 말이다!"

이성만의 호통에 동민은 눈을 크게 떴다. 그는 이성만의 하나밖에 없는 후계자이다. 그의 사업은 그의 것이 된다. 그렇게 된다면 상두를 나락으로 떨어뜨릴 수 있을 것이다.

동민은 고개를 들었다.

"그럼 지금 물려주십시오."

동민의 눈에는 광기가 물들어 있었다. 이성만은 손자를 한참을 바라보았다.

"쯧쯧쯧……."

이성만이 혀를 차자 동민은 그를 노려보며 물었다.

"왜 그러시는 거죠?"

"그 정도 그릇으로 어떻게 내 사업을 물려받겠다는 것이냐. 광기로는 할 수 없는 일이야."

"그럼 누구에게 물려줄 겁니까?"

동민은 자신만만했다.

어차피 그의 사업을 물려줄 수 있는 사람은 손자인 자신 밖에 없지 않는가. 이미 공공연하게 이 모든 가업을 그에게 물려주리라는 평가가 들려오는 것도 사실이었다.

"네놈이 아니라도 물려줄 사람이 있지."

"누구 말입니까……."

동민은 긴장했다. 역시나 그의 할아버지는 다른 생각을 마음에 품은 것이었다.

"누구냔 말입니까."

불안감에 그는 할아버지를 다그치듯 물었다. 이성만은 마음을 단단히 먹은 듯 입을 열었다.

"박상두."

동민의 몸이 부르르 떨렸다.

'박상두라니…….'

아무리 그래도 손주의 눈을 이렇게 만든 자에게 사업을 물려준단 말인가?

동민은 도저히 믿을 수 없어 다시금 물었다.

"그 말 진심이십니까?"

"네놈이 제정신을 못 차리면 그러지 못하리라는 법은 없어. 그러니 정신 차리란 말이다."

동민은 쓸쓸하게 웃었다. 아무리 그래도 그렇지 상두를 지금 거론하는 것은 그의 자존심을 완전히 건드리는 일밖에 되지 않는다.

"가보겠습니다."

그는 자리에서 일어났다.

"벌써 가려는 거냐. 식사는 하고……."

"할아버지 같으면 지금 밥 먹을 기분이 나겠습니까?"

그는 그렇게 차갑게 읊조리고는 밖으로 나섰다. 이성만은 손주를 바라보며 한숨을 내쉬었다.

"제길! 왜 박상두야!"

차안에 오르는 그는 이를 바득 갈았다.

"박상두!"

박상두 그는 그의 인생 전반에 해악을 끼치는 자였다. 해를 끼치다 못해 그의 인생 전체를 망치려 들고 있었다. 이대로 있을 수는 없었다.

"이봐, 서 비서."

"네?"

"박강석이라는 자의 연락처를 수배해 봐."

그의 말에 비서는 고개를 끄덕였다.

"박상두에게 넘긴다고? 절대 그럴 수 없지! 절대!"

그는 이를 빠득빠득 갈며 주먹을 피가 나도록 쥐었다.

*　　　*　　　*

"네. 네. 그러죠."

박강석은 전화 중이었다.

노크소리가 들려왔고 문이 열리고 안으로 박상두가 들어섰다. 그의 손에는 커피가 들려 있었다.

"네, 알겠습니다. 이만 끊겠습니다."

상두가 들어온 것을 확인한 강석은 전화를 끊었다.

"여기 커피. 이사 커피 심부름 하는 대표가 어딨습니까?"

"나는 심부름 시킨 거 아니야. 대표님이 커피 마신다니까 한잔 부탁한 것뿐이지."

"무슨 전화에요?"

상두의 물음에 박강석은 아무것도 아니라는 듯 웃음을 보이며 대답했다.

하지만 아무것도 아닌 것이 아니라는 것을 상두는 이미 눈치채고 있었다.

"누구냐니까요."

상두가 심각하게 묻자 박강석은 웃으며 입을 열었다.

"이동민이야."

이동민이라는 이름이 들리자 상두는 인상을 찌푸렸다. 정말 오랜만에 듣는 이름이었다.

"이동민이 왜 이사님께?"

"대표님을 제거해 달라는구만."

박강석은 하도 어이가 없다는 듯 웃음을 보였다. 하지만 상두는 웃지 않고 정색하며 대답했다.

"이동민다운 생각이군요."

그리고 혀를 끌끌 찼다.

"내일 호텔 커피숍에서 보자는데 어떻게 해야 될지 모르겠구만. 생각해 보고 연락 준다고 했지."

박강석이 난감하다는 듯 머리를 긁적이자 상두는 약간은 사악한 미소를 보이며 입을 열었다.

"그럼 만난다고 해요."

커피를 마시던 강석은 상두에게 왜냐는 듯이 눈짓했다.

"내가 나가볼까 해서요. 아직도 정신 못 차린 이동민에게 본때를 좀 보여야지요."

그의 말에 박강석은 졌다는 듯이 고개를 절레 흔들었다.

"그냥 무시하면 될 것을."

"오지랖이 넓어서 그럴걸요?"

"그건 오지랖하고 상관없는 것 같은데."

박강석은 혀를 끌끌 차고 커피를 마셨다.

다음 날 상두는 약속한 커피숍으로 향했다.

유리창 안으로 애꾸의 이동민이 앉아 있는 것을 볼 수가 있었다. 상두는 비웃음을 보이며 그에게 향했다.

"애꾸눈. 오랜만이로군."

상두의 목소리를 듣자 이동민은 화들짝 놀라고 말았다.

"네, 네가 여기를 왜……."

그는 무척이나 당황하고 있었다. 박강석을 회유하기 위해
서였는데 상두가 나아왔다. 동민은 박강석이 박경파의 휘하
에 있다가 상두에게로 갔기에 배신을 잘하는 인물로 판단한
것이었다.

하지만 오히려 그의 낮은 계략을 상두에게 고해 바친 것 이
었다. 완전한 판단미스였다.

"내가 그런 꼼수를 모를 줄 알았나?"

상두는 동민을 나무라듯 말하며 그의 맞은편 자리에 앉았
다. 그가 자리에 앉아 종업원이 다가왔다.

"무잇을 드시겠습니까."

"카푸치노 부탁합니다."

상두가 주문을 하자 종업원은 인사를 하고 돌아섰다.

"우리 사람에게 몹쓸 제안을 했더군."

상두의 눈이 이글이글 불타오른다. 그러고는 검지를 위로
들어 올렸다.

그러자 이동민의 몸이 부들부들 떨려왔다.

"이 손으로 내가 누군가의 눈을 뽑아 버린 기억이 나는

데……."

동민은 싫은 기억이 다시 떠오르는지 그의 온몸이 땀으로 물들기 시작했다.

"남은 눈까지 뽑히고 싶으냐?"

상두는 잔인하게 웃음을 보인다. 동민은 두려움에 현기증이 밀려왔고 금방이라도 혼절할 것만 같았다.

"카푸치노 나왔습니다."

종업원은 상두의 앞에 커피를 내려놓는다. 이들의 분위기가 심상치 않은 것을 느낀 종업원은 고개를 갸웃거린다.

"이거 팁입니다."

상두는 그녀가 귀찮은지 십만 원짜리 수표 하나를 내밀었다.

"감사합니다, 손님!"

그녀는 웃음 지으며 그것을 받아 돌아갔다.

"무슨 바람이 불어서 또다시 나를 괴롭히려 하는지는 모르겠다. 하지만 완전히 장님이 되고 싶으면 그렇게 해도 좋다."

상두는 그렇게 말하고 카푸치노를 마셨다.

"부드럽군."

커피의 향과 부드러운 풍미를 느낀 그는 자리에서 일어났다.

"계산은 내가 하지."

돌아서는 상두의 모습을 그는 두려움 속에서 바라보았다.

하지만 상두가 돌아가고 그는 수치심에 이를 바득바득 갈 았다.

"제기랄!!"

소리를 지르며 그의 찻잔을 바닥에 집어 던졌다. 찻잔은 시 끄러운 소리를 내며 산산조각 났고 사람들이 그를 바라보았 다.

"뭘 봐!"

동민은 그렇게 소리치고 다시 이를 바득 갈았다. 상두에 대 한 분노도 있었지만 그에게 아무 것도 못하고 떨고만 있었던 자신에 대한 분노가 더 컸다.

그는 휴대전화를 꺼내서 누군가에게 전화를 걸었다.

"아. 서 비서. 준비하도록 해요."

그는 그렇게 전화를 끊고 이를 바득바득 갈았다.

"상두 저놈을 누를 수 있는 방법은 이제… 이제 그것뿐인 가……."

동민의 눈에는 주변 사람들이 모두 느낄 정도의 광기가 느 껴졌다. 그는 이를 바득바득 갈면서도 또한 웃고 있었다.

"갑자기 무슨 바람이 분 것이냐."

동민은 이성만과 대동하여 차를 타고 어디론가 가고 있었다.

"이제 정신 차릴려구요. 그 기념으로 할아버지와 함께 식사를 하고 싶습니다."

"흠. 정신을 차렸다고? 그건 두고 보면 알 일이지."

성만은 인상을 찌푸렸지만 그래도 내심 손주가 정신을 차렸다는 것에 안심이 되는 눈치였다.

그는 세상을 호령하는 영웅호걸이라 할 수 있었다. 하지만 손주의 일이라면 그렇게 약했다. 그의 일 때문에 아들을 비명에 잃고 손주만은 그의 손에서 제대로 키워 보려고 했던 것이다.

하지만 그것이 이렇게 역효과로 다가올 줄은 그는 몰랐던 것이다.

두 사람을 태운 차량은 한적한 호수가 있는 어느 식당으로 향하고 있었다. 주변으로는 인가는 하나도 없었고 홀로 식당만 있는 곳이었다.

"뭐야?"

기사가 갑자기 차를 멈춘다.

그들의 앞을 누군가가 막고 서 있었던 것이다.

어떠한 사람인지 확인하려 기사가 내리자 주변 숲속에서 수십 명의 인원이 나왔다. 당황한 그는 뒤쪽을 바라보았다. 그러자 이성만의 경호원들도 달려나오고 있었다. 그들은 빠른 대처를 한 것이다. 기사는 그제야 안심한 듯 가슴을 쓸어

내렸다.

"네놈들은 뭐냐?"

경호단장의 물음에 그들은 아무런 말도 없이 연장을 들고 달려오기 시작했다.

"뭐야, 이놈들은!"

경호원들도 가만히 있을 수 없었다. 그들을 향해 맞불을 놓듯 달려들었다.

두 진영이 맞붙었다.

엄청난 박력으로 두 진영의 공격이 오고갔다.

이성만이 차에서 내렸다.

"위험합니다, 회장님."

기사는 다시 그를 차에 태우려 했지만 손을 뿌리치고 고개를 흔들었다. 그는 그렇게 싸우는 자들의 앞으로 나아갔다.

"이게 무슨 짓이냐!"

이성만 회장의 목소리가 온 사방을 쩌렁쩌렁하게 울렸다. 그 박력에 싸우던 두 진영은 잠시 멈추었다. 도저히 팔순을 넘긴 노인의 목소리가 같지는 않았다.

"네놈들은 어디서 온 것이냐! 내가 누군지 알고는 있는 것이냐! 네놈들의 두목이 누구냐!"

이성만은 우리나라에 있는 대부분의 조직 보스들을 알고 있었다. 이성만이 말 한마디면 그들은 죽는 시늉까지 하는 이

들이었다.

"암요. 암요. 할아버지가 누군지 당연히 알죠."

이성만의 뒤쪽에서 동민의 목소리가 울렸다.

퍼벅!

하는 소리와 함께 이성만의 머리로 강렬한 통증이 느껴진다. 이성만은 놀라서 뒤통수를 매만졌다.

"으윽!"

손에 잔뜩 묻어 나오는 것은.

"피?"

피였다.

검붉은 피가 뒤통수에서 흐르고 있었던 것이다.

"네놈이… 네놈이……."

이성만은 뒤를 돌아보았다.

그의 뒤에는 피 묻은 커다란 돌을 들고는 웃는 듯 울고 있는 이동민을 발견할 수가 있었다.

"도대체 왜……."

"미안해요, 할아버지."

이성만은 이내 그대로 쓰러지고 말았다.

"회장님!!"

당황한 이성만의 경호원들!

빈틈이 생겼다.

그때를 노려 괴한들은 경호원들에게 달려들었다. 한순간 무너진 방어는 다시금 세울 수가 없었다. 경호원들은 그들의 폭력에 쓰러져 신음하고 말았다.

순식간에 상황은 끝이 났다.

어디선가 서 비서가 나타났다 싸움 같은 것을 하지 못하는 그는 이 상황을 어디선가 피해서 보고 있었던 것이다.

"후우. 이래도 되겠습니까?"

서 비서는 난감한 표정이 역력했다. 그는 울고 있으면서도 웃고 있는 동민의 앞에 섰다.

"어차피 언제고 죽어야 하는 그런 사람이었어. 조금 앞당긴다고 해서 나쁠 거 없지."

이동민은 이제 차가운 광기만 흐르고 있었다. 더 이상 눈물을 흘리지 않으려 노력했다.

"할아버지……."

동민의 눈은 쓰러져서 헐떡이는 이성만을 바라보았다.

"미안해요, 할아버지. 상두 놈을 죽이려면 이 방법밖에 없겠네요."

동민은 할아버지를 마지막으로 바라보며 그렇게 용서를 구했다. 하지만 혈육을 죽인 것을 어떻게 용서받을 수 있겠는가.

"어이, 거기 불량배들."

동민은 자신을 습격한 불량배들을 불렀다. 그들은 막 자리를 뜨려던 참이었다.

"내 팔 좀 부러뜨려 주겠어?"

그의 말에 불량배들은 의아한 듯 그를 바라보았다. 이제 일이 끝났으니 빠르게 흩어져야 하는 게 아닌가.

"우리 할아버지가 당신들한테 습격을 받았는데 내가 멀쩡하다면 말이 안 되겠지? 내 팔 하나는 부러뜨려 줘."

그는 팔을 내밀었다.

불량배들은 당황했다. 팔을 내민 그의 광기 어린 눈빛은 불량배들에게 두려움을 불러일으켰다.

"빨리!"

그의 명령과도 같은 으름장에 그들은 각목을 들어 강하게 내려쳤다.

*　　*　　*

"헉… 헉……."

누군가가 급박하게 뛰어간다.

그는 대략 육십 정도 되는 노인이었다. 그는 가슴을 부여잡고 누군가가 쫓고 있는 듯 계속해서 뒤를 돌아보았다.

그렇게 내달렸다.

목적지가 가까워졌는지 안심이 되어 조금은 걸음걸이가 많이 늦어졌다.

"어디를 그렇게 심하게 달리시니?"

달리던 노인은 걸음을 멈출 수밖에 없었다.

그의 앞으로 모두 여섯 명의 검은 양복을 입은 남자가 막아선 것이다. 그들은 우악스러운 표정으로 노인을 바라보았다.

"네, 네놈들은……."

"어르신을 섬겼으면 이제 작은 어르신도 섬겨야 되는 거 아닌가? 그게 가신의 도리지."

그들은 목을 돌려 관절을 풀고는 앞으로 다가왔다.

노인은 뒤쪽을 바라보았다. 퇴로에도 네 명의 남자가 있었다. 더 이상 도망갈 곳은 없었다.

"이제… 끝인가……."

말 그대로 진퇴양난.

노인은 그대로 주저앉았다. 더 이상 그에게는 희망도 없었다.

"그것만 내놓으면 되는 겁니다. 주시죠?"

남자들의 리더로 보이는 자의 말에 노인은 이를 악다구니 물고 말했다.

"가져가려면 나를 죽이고 가져가라, 이놈아!"

완강한 노인.

리더는 안 되겠다는 듯 고개를 흔들고 그에게로 다가왔다. 그가 다가올수록 노인은 몸을 움츠렸다.

"노인이라고 봐주려고 했더니 안 되겠군."

그는 노인의 멱살을 거머쥐고 일으켰다. 그래도 노인은 무언가를 지키려는 듯 가슴을 부여잡고 놓지 않았다.

"노인을 함부로 대하면 되나. 그 손 놓지 못해?"

뒤에서 들리는 으름장.

"뭐야?"

리더는 헛웃음을 보이고 뒤를 돌아보았다. 어떤 간 큰 놈이 그들에게 시비를 거는가 싶었던 것이다.

"아니!"

그는 놀라고 말았다.

그와 함께했던 남자들이 모두 쓰러져 있었던 것이다. 아무리 노인에게 정신이 팔렸다고는 하지만 이렇게 일행들을 모두 쓰러질 때까지 몰랐단 말인가.

기척조차 없었다!

"네놈은 뭐냐! 큭!"

순간 그의 배로 날아드는 주먹.

대비할 틈도 없었다. 아니 아예 그의 움직임을 볼 수가 없었다. 그대로 리더는 쓰러지고 말았다.

"네놈에게 말할 이름 따위는 없다."

그는 주먹을 거두고 읊조렸다.

"아. 박 대표님!"

노인은 그가 반가운 듯 소리쳤다. 그는 굿 디펜더의 대표 박상두였다.

"전화상 목소리가 너무 급박해서 마중 나온 게 다행이군요, 황 집사님."

노인은 바로 이성만을 모시던 저택의 집사였던 것이다. 이성만을 모시는 사람이라고 생각되지 않을 정도로 수더분한 인상을 노인이라 인상적인 사람이었다.

"역시나 박 대표님이시군요……."

"일단 이야기는 나중에 하고 저와 함께 하시죠."

상두는 주변을 눈치를 살피고 황 집사를 에스코트했다.

그들이 향한 곳은 상두의 자택이었다.

서울의 고급 주상복합 아파트.

상두는 본래 회사 기숙사에 살고 있었지만 회사의 규모가 커짐에 따라 회사의 대표가 기숙사에 살 수 없었다.

물론 상두의 생각은 아니었다. 그것은 박강석의 생각이었다. 상두는 울며 겨자 먹기로 이렇게 좋은 집으로 이사 갈 수밖에 없었다.

"이곳이라면 경비도 있고, 게다가 우리 회사에 등록되어 있으니 함부로 놈들이 들이닥치지는 못할 겁니다."

상두의 말에 그는 고개를 끄덕였다.

집으로 들어선 황 집사는 이제 한숨을 돌리는 듯 소파에 기대어 앉아 가쁜 숨을 내쉬고 있었다. 그에게 상두는 차가운 물을 한 잔 내밀었고 그간 목이 말랐는지 그는 벌컥벌컥 마셨다.

"무슨 일이십니까?"

상두는 일단 황 집사에게 물었다.

전화상 목소리가 엄청나게 급박한 것으로 보아 큰 사안인 것 같았다. 하지만 아직까지 무슨 일인지 알 수가 없었다.

"회장님께서 식물인간이 되셨습니다."

"네?"

상두는 놀란 듯 눈을 크게 떴다.

아무리 싫은 사람이라고는 했지만 쓰러졌다니 놀랄 수밖에 없었다.

"죽여도 죽을 것 같지 않던 양반이 어쩌다가? 어떻게 그렇게 된 겁니까?"

그의 물음에 황 집사는 다시금 숨을 고르고 대답했다.

"괴한들의 습격이었습니다."

습격?

상두는 이해할 수가 없었다. 그의 경호원들은 일당백의 프로페셔널이다. 절대로 이성만이 습격당할 리가 없었다.

"이성만 회장의 곁에는 실력 좋은 경호원들이 많았을 텐데요?"

"흑막은 도련님입니다."

상두는 또다시 놀라고 말았다.

도련님이라면 이성만의 손자인 이동민?

"설마……."

"맞습니다. 동민 도련님이……."

"왜 그런 짓을……."

상두는 끙 하는 한숨을 내쉬었다.

동민의 술수라면 이해가 되었다. 이성만은 손주라면 깜빡 죽는 사람이다. 그의 꾀임이라면 충분히 습격당할 수 있다. 게다가 그에게 직접적인 공격은 동민이 했을 것이다. 그렇게 두터운 경호를 뚫고 습격을 가할 수 있는 방법은 역시나 그것뿐이었다.

"세상이 어떻게 되려고……."

아무리 세상이 바뀌고 세상이 더러워진다고 해도 혈육을 죽이는 짓은 용서받을 수 없는 것이었다. 금수도 자신의 부모를 죽이지는 아니한다.

상두는 혀를 끌끌 찼다.

"이유야 어찌 됐든 간에 왜 저를 찾으신 거죠?"

"이것 때문입니다."

상두의 물음에 그가 내민 것은 봉투에 든 서류였다.

"이것은?"

"어르신의 유서입니다."

"이걸 왜?"

"열어보시면 압니다."

상두는 남의 유서를 열어 본 다는 것이 의심쩍었다. 게다가 그는 이성만과는 피 한 방울 섞이지 않은 남이다. 게다가 친분이 있는 사람이라고 할 수도 없었다.

하지만 일단은 열어보기로 했다. 신중한 황 집사의 부탁이라면 분명히 무슨 이유가 있을 것이다.

유언장을 꺼내 읽어 내려가던 상두는 잠시간 우뚝 눈을 멈췄다.

"이게 무슨 소리죠? 모든 재산과 권리를 저한테 양도한다니요."

상두는 어안이 벙벙했다.

이성만은 이동민이라는 손자가 있었다. 그에게 상속하는 것이 일반적이지 않은가?

"이것 때문에 도련님께서 저를 쫓고 계셨죠."

상두는 지금까지의 일이 이해가 되는 듯 고개를 끄덕였다.

"도대체 왜 이런 결정을 내린 걸까요."

"저는 알 수 없습니다만… 제가 보기에도 도련님은 절대로 어르신의 사업을 잇지 못합니다. 늘 입버릇처럼 대표님 같은 사람이 손주였으면 좋겠다고 말씀하셨죠."

그 이야기는 상두도 늘 들은 이야기였다. 하지만 망령든 노인네의 놀리는 농담이라고 치부했을 뿐이다. 잔심이 담겨 있으리라고는 생각도 못한 상두였다.

"대표님은 어떻게 생각하시는지 모르겠지만 회장님은 대표님이 생각하는 것만큼 탐욕스러운 분이 아닙니다. 어르신께서는 어떻게든 이 나라를 지키기 위해서 노력하신 분입니다."

그의 말에 상두는 약간의 헛웃음을 보였다.

"어쨌든 잠잠해지기까지 이곳에 계세요. 이곳은 안전할 겁니다."

"저의 안전은 상관이 없습니다. 회장님의 안전을 지켜 주십시오. 아직은 숨을 연명하신다고는 하지만 조만간 도련님이 수를 쓴다면 회장님은……."

상두는 한숨을 내쉬었다. 아무리 싫은 사람이라고 해도 손주의 손에 죽게 놔둘 수는 없었다.

"알았습니다. 제가 손을 쓰겠습니다."

"꼭 좀 부탁드립니다."

집사는 그렇게 상두에게 확답을 듣기를 원했다. 상두는 고개를 끄덕이며 대답했다.

"저는 약속은 지키는 사람입니다. 걱정마세요."

재차 안심을 시키자 그제야 안으로 들어가서 침대에 눕는 황 집사였다. 많이 피곤했는지 금세 그는 눈을 감고 잠들었다.

* * *

이동민은 병원으로 향했다.

그의 얼굴은 그다지 좋지가 않았다. 그것도 그럴 것이 그는 이제 완전히 할아버지 이성만의 사업을 일정 부분만 승계 받았다. 지금 이성만이 부재중이니 그의 뒤를 이어서 일할 사람은 역시나 그밖에 없었던 것이다.

아직 그가 숨을 거두지 않은 상태라 유언장이 집행되지 않아 모든 것을 다 이어받을 수는 없었다. 게다가 지금은 유언장도 사라진 상태.

게다가 이성만의 밑에서 일하던 사람들 중 어느 정도 위세가 있는 사람들은 그의 명령을 따르려 하지 않았다. 이동민은 이성만 만큼의 카리스마도 없었고 일의 추진력도 없었다. 그런 그를 따를 사람들은 그리 많지가 않았다.

그래도 그는 좋았다. 권력에 빌붙기 좋아하는 사람들은 이미 이동민 그에게 붙어 아첨을 시작한 것이었다. 덕분에 이동민은 제대로 된 인재들이 떠나는 것도 모르고 어깨가 들썩였던 것이다.

그가 향하는 병원은 바로 그의 할아버지가 입원한 곳이다.

'떨리는군······.'

동민은 가슴을 쓸어내렸다.

사실 그는 병원으로 돌아가는 것이 마음에 내키지 않았다. 자신의 손으로 쓰러뜨린 할아버지다. 그를 다시 본다는 것은 아무리 강철심장이라고 해도 내키지 않을 것이다.

하지만 그렇다고 할아버지의 병원을 찾지 않는다는 것은 주변의 구설에 오를 수 있었다. 때문에 어쩔 수 없이 병원을 찾아야 했다.

병원 로비에 다다르자 꽤나 낯익은 복장의 사람들이 왕래하는 것을 볼 수가 있었다. 검은 복면으로 얼굴을 가린 제복의 사람들.

그들은 굿 디펜더의 직원들이었다.

"왜 저것들이······."

동민은 인상을 찌푸렸다. 누구보다 싫은 사람인 상두의 부하직원들이라고 할 수 있지 않은가. 하지만 워낙에 굿 디펜더와 계약한 곳들이 많다보니 이상한 것도 아니었다.

그는 서둘러 이성만의 병실로 향했다.

"아니!"

그는 놀라고 말았다. 병실에 앉아 있는 사람은 다름 아닌 박상두였다.

"네… 네놈이 왜!"

그는 빠져버린 오른쪽 눈이 아픈 듯 감싸 쥐었다.

"오랜만이군."

그는 자신만만하게 웃음을 보였다. 하지만 이동민은 웃을 수가 없었다.

"네놈이 왜 이곳에 온 거지!"

큰소리로 외치자 그는 검지로 입을 가리고 조용히 속삭였다.

"환자가 있는 병실이야. 조용히 하는 게 좋지 않을까?"

그의 말에 이동민은 온몸을 부들부들 떨었다. 상두의 눈빛은 그의 눈에 분명히 무언가 알아차린 느낌이었다.

"혹시나 사고가 있을까 싶어서 이쪽 병원에 병력을 좀 더 늘렸어. 너희 할아버지도 안전할 거야. 그렇지?"

상두는 그렇게 말하고 자리에서 일어났다.

"그렇게 말하는 이유가 뭐지?"

"무슨 이유가 있겠어. 이 병원은 우리의 거래처지. 게다가 이성만 회장님도 우리의 회원이야. 지키는 것은 당연한 것 아닌가?"

이동민은 이를 꽈득 깨물었다.

하지만 더 이상 말할 수가 없었다. 더 말을 잇는다면 들킬 것만 같았다.

"후훗. 정말로 주도면밀하신 분이야. 이렇게 되실 줄 아셨는지 예전에 우리에게 가입을 하였더군. 싫은 사람이었지만 이런 면은 정말 본받아야 될 것 같아."

그는 자리에서 일어났다.

그리고 이동민을 바라보았다.

"허튼 짓 안하는 게 좋아."

그의 눈빛은 너무나도 두려웠다. 두려움에 이동민은 그저 어색하게 웃는 수밖에 없었다. 마치 맹수 앞에 목숨을 구걸하는 초식동물의 모습이었다.

CHAPTER **07**
재회 (2)

상두는 오늘 한적한 시골로 향했다.

한 달에 한두 번 정도 그는 아무도 대동하지 않고 한적한 시골로 향한다.

직원들을 대동하라고 박강석이 건의했지만, 상두는 회사의 인재를 자신을 보호하는 데 쓰고 싶지 않았다. 그래서 그것을 거절하고 혼자서 다닌다.

물론 이 세계에서 그를 해할 수 있는 사람이 없다는 생각도 한몫했다.

한가하게 차를 몰고 그가 찾은 곳은 아무것도 없는 그저 평원이었다. 개발을 위해 땅을 평평하게 다져 놓은 곳이 개발이 늦어져 한동안 비워진 곳이다. 그래서 풀들이 자라나 마치 평원 같은 모습이 된 것이다.

이 모습이 그가 살던 곳과 모습이 비슷해 늘 찾는 중이다. 이곳에서 숨을 쉬면 다시 옛날 대륙으로 돌아간 느낌이 드는 상두였다.

뜨거운 피가 끓어오르며 천둥벌거숭이처럼 내달리던 대륙에서의 삶.

그것이 그리운 것도 사실이었다.

그때는 정말 아무 걱정이 없었다. 두 주먹 하나면 모든 것이 해결되는 많이 단순한 세계였다. 산전수전 다 겪고 죽음의 위협도 겪었다. 하지만 그때마다 그를 일으켜 세운 것은 바로 그의 주먹이었다. 주먹이 있기에 그는 살아 있음을 느꼈고 또 행복했다.

하지만 이 세상에서는 주먹만으로는 모든 것을 해결 할 수가 없었다. 순간순간마다 주먹이 큰 도움을 주는 순간도 분명히 있었지만 그것이 전부가 아니었다. 주먹만으로는 일을 해결할 수는 없었다.

"후우……."

그는 큰 숨을 한숨 내뱉었다.

아마도 그가 대륙에 있을 때에 그만한 힘이 있어도 군주가 되지 않았던 것도 주먹만으로는 해결할 수 없음이었을 것이다.

그래도 가끔 이렇게 고향과 비슷한 곳에서 잠시나마 마음을 풀 수가 있었다. 그것만으로 상두는 족하다고 생각했다.

"응?"

쉬고 있는 그가 잠시 눈빛을 번뜩였다. 무언가 그를 향해 날아오는 것을 느낀 것이다. 그는 빠르게 몸을 돌려 피했다.

그것은 굉장히 빠른 주먹이었다. 또 날카로웠다.

그의 얼굴에 약간의 상처가 생길 정도로.

상두는 조금은 놀랬다. 이 세계의 인간으로 이렇게 빠른 주먹은 처음 본 것이다.

"누구냐."

상두는 나지막하게 읊조렸다. 그러자 누군가가 모습을 드러냈다. 그는 허름한 옷을 입고 있는 무도가 타입의 남자였다.

"당신이 박상두라는 사람인가?"

그의 물음에 상두는 고개를 끄덕였다. 꽤나 위험해 보이는 사람이었다.

"무슨 일이지?"

상두의 경계하는 물음에 그는 빠르게 달려들었다.

"문답무용!"

그는 대답치 않은 채 그대로 빠르게 나아왔다.

그의 움직임은 굉장히 기민했다.

발자국이 바닥에 찍힌 모습을 보니 일정한 패턴을 가지고 다가오는 것 같았다. 이런 패턴의 보법을 실전에서 사용하는 것으로 보아 굉장한 수련을 한 사람이었던 것이다.

이런 자에게는 분명 힘을 봉인한 상태에서는 상대하기 힘들 것이다. 그의 몸이 부들부들 떨었다.

'오랜만이로군… 이런 느낌!'

상두는 씨익 웃음을 보였다.

"겨루는 중에 웃음이라니!"

무도가는 상두에게 강하게 발길질을 내질렀다!

"하압!"

상두는 기합을 내질렀다!

봉인의 1단계에서도 2할 정도의 힘을 내뿜는 기합.

"아니!"

무도가는 굉장히 놀란 듯했다. 그의 몸으로 강렬한 기운이 빠르게 다가온 것이다.

그는 동물적 본능으로 빠르게 뒤로 물러났다.

하지만 기합파는 무도가를 엄습했고 그는 벽에 부딪쳐 밀리듯 주르륵 미끄러졌다.

"이럴 수가……."

그의 눈동자는 무척이나 커졌다. 눈알이 튀어나올 정도였다.

놀라는 것은 당연하다.

이 세상에 이런 힘을 지닌 사람이 어디에 있겠는가. 지금까지 그가 상대한 자들 중에 이렇게 강한 자는 없었을 것이다.

아니 존재할 수가 없었다.

상두 그의 영혼은 이 세상의 것이 아니기에.

"합! 합!"

하지만 무도가는 주눅 들지 않았다. 그의 일생에서 이런 위험을 당한 적은 한두 번이 아니다. 그런 것에 주눅이 들어서는 무도의 길을 걸을 수는 없을 것이다.

"하하하!"

박장대소를 보였다. 그것은 자신감을 찾기 위한 그만의 방법이었다. 상두는 그런 그의 모습이 재미있다는 듯 바라보며 물었다.

"암습을 할 사람은 아닐 것 같은데 누구의 사주를 받은 것인가?"

상두는 그에게 물었다. 아무리 보아도 암습을 할 타입의 사람은 아닌 것처럼 보인 것이다.

그는 그제야 상두에게 말할 생각이 있는 것 같았다.

"이동민이라는 사람에게 이야기를 들었지."

역시나 이동민.

"이동민의 사주인가? 당신 같은 사람도 물질을 탐하나?"

상두의 물음에 그는 정색했다.

"난 그런 사람이 아니야! 엄청나게 강한 사람이 있다고 해서 겨루고 싶었을 뿐이오! 나는 무도가란 말이요!"

그는 그렇게 외치고 자세를 잡았다.

상두는 조금 놀라는 눈치였다. 단순한 자세였지만 그의 눈에도 빈틈이 보이지 않을 정도였기 때문이다. 게다가 그의 몸에서 흘러나오는 기운은 이미 이 세계 인간의 기운을 뛰어 넘고 있었다. 이 정도의 기운이라면 대륙에서도 꽤나 강자라는 소리를 들을 것 같았다.

'1단계 2할로는 힘들겠군.'

상두의 눈빛도 빛났다.

그것은 즐거움.

지금까지 이 세상에서 이렇게 강한 상대는 만나보지 못했기 때문이다.

"하압!"

상두가 먼저 튕기듯 뛰쳐나갔다.

1단계의 5할!

그 속도는 그 힘에 대응하여 엄청났다. 이 앞의 무도가의 이마에 식은땀이 흐를 정도로!

"하압!"

그 역시 상두에게 달려들었다. 공격보다 더한 수비는 없으니!

공방!

요란한 타격음이 사방으로 울렸다.

점점 그들의 속도가 올라갔다. 내지르는 주먹이나 발의 몇몇은 인간의 육안으로는 희미하게 보일 정도였다.

하지만 이 공방은 의미가 없었다.

무도가는 점점 상두의 주먹을 모두 피해낼 수가 없었다. 힘들게 그의 공격을 막아냈지만 그때마다 팔다리가 욱신거리는 것을 느낄 수가 있었다. 사실 지금 상두가 내지르는 힘은 격투가 수십 명과도 대적할 그런 수준의 힘이었다. 애초에 혼자서 그를 상대한다는 것 자체가 넌센스였다.

"장나운 여기까지다!"

상두는 강하게 주먹을 내질렀다.

속도가 그리 빠른 것은 아니었다. 하지만 심상치 않은 기운을 느낀 무도가는 팔을 교차하여 가드를 만들었다.

"아니!"

우지끈 하는 기분 나쁜 소리가 울린다.

"크윽!"

가드가 무너지며 덕분에 그의 팔은 부러진 것이다! 팔은 힘을 잃고 축 늘어졌고, 상두의 강력한 주먹의 가슴을 노린다. 이것을 맞으면 죽을 것 같았다.

그는 빠르게 뒤로 물러났다. 상두도 놀랄 만큼 엄청난 반사 신경이었다.

하지만 상두의 강력한 주먹은 권풍을 일으켰다. 그것은 무도가의 가슴을 강하게 타격했다!

"크아악!"

그는 그대로 삼사 미터는 날아가 바닥에 나뒹굴었다.

"제기랄……."

재빨리 자리를 잡고 일어나려 했지만 그대로 다시 무릎을 꿇었다.

"쿨럭!"

그는 검붉은 피를 토했다.

"내, 내상을……."

목숨에 위협이 느껴질 정도는 아니지만 내상을 입었다.

"어떻게 나에게 내상을 입힐 정도의 공격을……."

그는 이해가 되지 않는 듯했다.

자신보다 강하다고는 했지만 이정도의 위해를 가할 정도는 아니라고 생각한 것이다. 게다가 닿지도 않은 주먹이 이런 타격을 주자 그는 어안이 벙벙했다.

"상당히 실력이 있군."

상두는 그에게 다가와 읊조렸다. 그의 목소리에는 정말로 경외심을 담았다.

그러자 무도가가 입에 있는 피를 스윽 닦고는 무릎을 꿇었다.

"내가 졌다. 목숨을 취해라."

그의 모습은 결연했다. 하지만 상두는 헛웃음을 보였다.

대륙에서는 대결에서 졌을 경우 목숨을 거두는 경우가 없지는 않았다. 그것이 무인의 자존심이라고 생각하는 꽉 막힌 사람들이 있었다. 상두는 대륙에서도 대결 이후에 목숨을 취하지 않은 사람이었다.

그런데 그런 사람을 대륙도 아닌 이 세계에서 볼 줄은 꿈에도 몰랐던 것이다. 법이 존재하고 살인을 엄격히 벌하며 복수가 법으로 금지된 이 나라에서 말이다.

"법치 국가에서 무슨 짓이지? 난 목숨을 거둘 생각 지체가 없어."

상두의 말에 그는 웃음을 보였다.

"후훗, 그런가? 심성에 관한 것에서도 내가 진 것인가? 완벽한 나의 패배다."

그는 그대로 주저앉았다. 그제서야 마음이 좀 놓이는 듯 깊은 숨을 내쉬었다.

"세상은 참 넓군. 이렇게 강한 사람이 있을 줄이야."

상두 역시 웃음을 보이며 답했다.

"나 역시 이렇게 강한 사람이 존재하리라고 생각 못했다."

그때 상두의 머리를 스친 생각이 있었다.

'설마… 다른 세계에서 온 사람?

확률이 희박하지만은 않았다. 그 역시 다른 세계에서 온 사람이 아닌가.

"혹시 이 세상 사람이 맞… 나……?"

상두는 어렵게 물었다.

그의 말은 말 그대로 상두처럼 다른 세계에서 왔느냐는 것이었다.

하지만 그는 그저 자신의 능력을 칭찬하는 것이라고 받아들인 듯했다.

"내가 이 세상 사람이 아니라면 당신은 어디서 온 사람인가? 하하하! 쿨럭!"

그는 웃으면서도 다시 피를 토했다.

"괜찮은가!"

상두가 걱정이 되어 다가오자 그는 손사래를 쳤다.

"아니야. 이 정도는……."

그는 내상을 입었는데도 그대로 서 있었다. 분명히 굉장한 고통이 느껴질 텐데도 말이다. 대단한 강단이었다.

"혹시 나와 함께 일해볼 생각 없나?"

상두의 갑작스러운 물음에 그는 눈을 말똥말똥 떴다. 자신을 습격한 사람에게 난데없이 일거리 알선이라니?

"무슨 일?"

"난 이런 사람이야."

상두는 명함을 꺼내서 무도가에게 내밀었다. 그가 명함을 받아들자 상두가 설명했다.

"사람들을 지키는 일이야. 당신의 노하우를 알고 싶은데."

명함을 보던 그는 고심하는 듯 하더니 입을 열었다.

"사람들을 지키는 일이라… 그것이라면… 승… 낙… 쿨럭!"

그는 그대로 피를 토하며 쓰러졌다.

"역시나 이쪽 세계 사람인가?"

그는 상두의 공격에 이미 많은 충격을 입은 것이다. 이겨낸 것이 아니라 버텨낸 것이리라.

"역시나 그럴 리가……. 후훗……."

상두는 무도가를 훌쩍 어깨에 짊어지고는 어이없게 웃음 지었다.

그가 생각해도 어이가 없었다.

어떻게 이 세상에 자신과 같은 자가 있겠는가. 로또를 한사람이 수백 번 당첨되는 것보다 더 낮은 확률일 것이다.

조금은 기대를 가졌던 자신이 어이가 없었던 것이다.

＊　　＊　　＊

이동민은 손톱을 물어뜯으며 전화를 기다리고 있었다. 아직도 불안하면 손톱을 물어뜯는 버릇을 못 고친 것이다.

"왜 이렇게 연락이 늦는 거야."

그는 상두를 제거할 목적으로 프로페셔널한 한 남자를 의뢰하였다.

그는 세상에 알려지지 않는 무도의 천재.

이미 그에게 쓰러진 무도가와 격투기 선수가 부지기수였다. 아무리 상두라고 한들 그에게 이겨낼 재간이 없을 것이라고 큰 기대를 한 그였다.

하지만 그래도 불안한 것은 어쩔 수가 없었다.

"크윽……."

그는 또다시 오른쪽 눈으로 환상통을 느꼈다.

"그때 보여준 그놈의 힘은……."

그랬다.

그의 눈을 상하게 할 당시 상두가 보여준 힘은 상상을 초월했다.

수십 명의 경호원을 모두 쓰러뜨리고 그의 눈까지 가져간 그 힘.

그 모습을 몸소 느꼈기 때문에 그는 불안하지 않을 수 없었다.

그가 앉아 있는 이성만의 서재의 전화가 울렸다. 이동민은 올 것이 왔다는 식으로 전화를 받았다.

"여보세요."

반가운 얼굴로 전화를 받던 그의 얼굴이 굳어졌다.

수화기 너머로 들려온 목소리는 바로.

—나다 박상두.

상두였다.

그의 목소리에는 노기가 가득했다. 동민은 목소리만으로도 죽을 것 같은 두려움을 느낄 수 있었다.

—나를 죽이려면 군대라도 동원해야 할 거야. 이번만은 그냥 넘어가겠지만 다시 한 번 더 이런 일을 저지른다면 그때는 네놈의 나머지 눈도 가져가겠다.

상두는 그렇게 말하고 전화를 끊었다.

그러고도 동민은 한참을 수화기를 놓지 못하고 들고만 있었다. 공포심에 얼어버린 것이다.

"제길!"

공포에서 벗어난 그는 전화기를 집어던졌다. 날아가던 전화기는 벽에 부딪쳐 산산조각이 났다.

그의 자존심처럼.

"제길! 제길! 제길!!!"

그는 화를 참을 수가 없었다. 서재 안의 집기를 모조리 바닥으로 집어 던졌다.

하지만 화가 풀리지 않았다.

"도대체 어떻게 그놈을 죽일 수 있는 거야!"

어떻게 해도 그를 없앨 수가 없었다. 이런 원초적인 방법으로는.

"역시나… 역시… 이런 방법으로 그를 나락으로 떨어뜨릴 수 없는 것인가."

그는 전화를 했다.

"서 비서. 그 여자에게 전화해. 오늘 만나자고."

이동민은 일어나 재킷을 걸쳤다.

이제 그는 상두를 해하기 위해 원초적인 방법은 동원하지 않기로 했다. 역시나 그를 이겨내려면 머리를 써야 했다. 그리고 재정적으로 압박하는 방법도 있었다. 예전이면 어쩔 수 없었을 테지만 그는 모든 것을 할 수 있는 권한을 손에 쥐고 있었다.

그것은 바로 이성만이 일으킨 권력!

물론 많은 할아버지의 가신이라고 할 수 있는 자들이 떠났다. 그래도 아직 그의 옆으로 많은 사람들이 남아 있었다.

그것은 그의 자신감이었다.

동민이 향하는 곳은 고급호텔의 커피숍이었다. 그곳에서 누군가를 만나기로 한 것이었다.

커피숍에 도착을 했는데도 아직 만날 사람은 나타나지 않았다.

"흠. 아직 오지 않았나 보군."

사실 선약을 하지 않고 당일에 약속을 정했으니 갑자기 나오는 것은 무리일 것이다.

하지만 그녀는 꼭 나올 것이다. 그녀는 나올 수밖에 없는 이유가 있었다.

동민은 일단 착석했다.

그리고 가만히 앉아 창밖을 바라보았다. 많은 사람이 즐겁게 이야기 하며 지나는 것을 볼 수가 있었다.

"제길… 뭐가 그리 기쁘고 즐겁다는 거야!"

동민은 이를 빠득 갈았다.

"왜 이런 곳에서 이를 빠득 갈고 계시죠?"

아리따운 목소리가 동민에게 다가왔다.

바로 수민이었다.

그녀의 얼굴에는 굉장히 불쾌함이 가득했다. 그 모습을 보며 동민은 쓴웃음을 보이며 그녀의 안부를 물었다.

"오래간만이네."

동민의 안부에도 수민은 대답하지 않았다.

사실 수민은 동민을 굉장히 싫어한다. 싫어하는 정도가 아니라 증오한다. 대학 초년생 시절 동민은 그녀를 겁탈하려 했다. 그 이후 사과조차 하지 않는 그를 어떻게 마주보고 있겠는가.

하지만 수민은 그를 똑똑히 바라보고 있었다.

지난 1년이 넘는 세월동안 수민은 많이 강해진 것이다.

그녀는 사채 일을 시작했다. 사채를 시작하면서 공격도 많이 받았다. 그때마다 강단이 있게 대처해 나갔다. 덕분에 그녀는 꽤나 많은 돈을 만질 수 있게 되었다. 이렇게 된 것은 바로 상두에 대한 증오 때문이었다.

"무슨 강한 척이야?"

"강해진 거예요."

수민은 그렇게 말하고 동민을 쏘아보았다. 동민은 잠시 움츠려 듦을 느꼈다. 정말로 그녀는 강해진 것 같았다.

"나를 보자고 한 이유는 무엇이죠?"

수민의 말에 동민은 약간의 웃음을 보이며 답했다.

"오랜만에 회포나 풀까 해서."

회포라는 말에 그녀의 인상은 완전히 구겨졌다. 어째 그의 말에는 성희롱의 느낌이 잔뜩 묻어난 것이었다.

"불쾌하군요."

수민은 동민에게 다시금 쏘아붙였다. 하지만 이번에는 동민도 움찔하지 않았다.

"나한테 그렇게 쏘아붙일 상황이 아닐 텐데?"

지금 상황에서 그는 수민에 갑과 을에서 갑의 상황이다. 당당할 수밖에 없었다.

동민의 자신만만한 표정에 수민은 인상을 펼 수밖에 없었다. 지금 이성만은 식물인간이 되어 부재중인 상태다. 그렇기에 이동민이 그의 일을 대리로 수행하고 있는 중이다. 그렇다는 것은 이성만이 그녀에게 해주던 지원은 이동민의 손에 들어간 것이다. 그의 심기를 건드리면 안 되는 것이다. 그녀는 최대한 화를 참고 이야기를 꺼냈다.

"그래서 나를 보자고 한 이유가 뭐에요?"

수민의 말에 동민은 다시금 웃음을 보이고 입을 열었다.

"너와 난 공동의 적이 있는 것 같은데?"

수민은 쓴웃음을 보였다.

"상두 말인가요."

수민의 말에 동민은 고개를 끄덕였다.

"그래, 그놈. 말이 생각보다 잘 통하는데? 우리는 다른 것도 잘 통할 것 같은데?"

그가 또다시 성희롱적인 발언을 하자 그녀는 발끈했다.

"신소리 그만하세요. 고소해 버립니다."

"해볼 테면 해봐? 크크큭. 무서운데? 하지만 어쨌든 그놈이 너의 아버지를 죽인 거나 마찬가지잖아? 그놈은 내 눈을……."

징그럽게 웃고 있던 그는 눈가를 찡그렸다. 언제나 상두만 이야기하면 있지도 않은 오른쪽 눈이 아프다. 그는 아픔을 감내하고 다시 말을 이었다.

"내 눈을 앗아갔고……."

그의 말에 그녀는 고개를 끄덕였다. 그의 말대로 분명히 상두는 공통의 적인 것은 확실했다.

"그래서 함께 연합전선을 구축하자는 거지. 넌 상두에 대해서 잘 알고 있잖아. 그놈과 사귀……."

"그만!"

수민은 동민의 말을 가로 막았다.

수민이 상두가 사귀었다는 것을 동민 역시 잘 알고 있는 것 같았다.

하지만 그것은 수민이 가장 듣기 싫어하는 말 중 하나다. 아버지를 죽게 만든 상두와 사귄 것은 수민에게 있어서 인생의 치욕일 뿐이었다.

"그래서 너와 힘을 합치고 싶다."

"저는 혼자서 하고 싶어요. 내 손으로 그를 벌하고 싶으니까."

수민은 자리에서 일어났다.

단호했다. 그는 절대로 상두를 포기할 수가 없었다. 아무리 그녀의 뒤를 봐준다고는 하지만 상두에게 복수하는 기쁨을 그녀는 나누고 싶지 않았던 것이다.

"내가 아까도 이야기하지 않았나? 그렇게 배짱을 부릴 상황이 아닐 텐데?"

동민은 광기 어린 눈빛으로 그녀를 바라보았다.

동민의 광기는 공포로 느껴졌다. 수민은 자리에 앉을 수밖에 없었다.

그의 광기 때문만은 아니었다. 지금 어느 정도 반열에 올랐다고는 하지만 수민이 원하는 단계까지는 아직 이성만, 아니, 이동민의 도움이 필요하다. 비굴하지만 이 자리에 앉아 그의 이야기를 들어야만 했다.

"그렇다면 내가 할 일이 무엇인가요."

"그래, 그렇게 나와야지."

동민은 징그럽게 웃음을 보였다. 수민은 애써 그의 징그러운 눈과 맞추지 않으려 노력했다.

"해야 할 일은 내가 나중에 알려 줄 거야. 그때까지 기다리고 있으라고. 그리고 밤에 외로우면 나를 찾아와. 그때보다 농염해져서 더 매력적인데? 크크큭."

동민의 징그러운 웃음소리를 들은 수민은 더 이상 자리에 앉을 수 없는 듯 일어났다.

"신소리 그만하죠. 시킬 일이 있으면 연락 주세요."

"그러지."

그렇게 두 사람은 약속을 하고 헤어졌다.

*　　　*　　　*

반신욕을 즐기고 있는 상두.

회사를 일찍 일을 마치고 돌아와 그는 몸의 피로를 풀고 있었던 것이다.

반신욕을 하면서 그는 누군가와 전화를 하고 있었다.

"알았어요, 어머니. 아버지가 완치되면 꼭 같이 살아요."

그리고 전화를 끊었다.

어머니와의 통화였다.

"거참 어머니도… 같이 살자니까."

그는 볼멘소리를 냈다.

화재로 얻은 상처는 이미 모두 해결된 그녀였다. 하지만 상두는 그녀는 요양원에서 생활하고 있었다.

사실 그는 어머니를 모시려고 했지만 어머니가 거부했다. 아들 하는 일에 방해된다는 이유에서였다.

어머니가 워낙에 고집을 피우니 어쩔 수 없이 그는 어머니를 아버지가 계신 요양원에 모실 수밖에 없었다. 어쩌면 사람이 많은 곳에 있는 편이 혼자서 지내는 것보다야 안전할 수 있었다. 그곳까지 상두의 적들이 손을 뻗칠 수는 없을 테니. 덕분에 그 요양원은 굿 디펜더에서 무료로 경비를 제공받을 수 있었다.

이제 회사도 궤도에 올랐다.

오른 정도가 아니라 이 부분에서는 명실공이 최고의 회사였다. 가족을 부양하고도 남을 재력을 지금 그는 쌓고 있었다. 그렇기에 다시 가족과 모여서 살 수 있었다. 하지만 그것도 쉽지 않았다. 역시나 세상은 돈으로 다 되는 것은 아닌 것 같았다.

반신욕을 마친 그는 자리에서 일어났다.

그간 쌓였던 피로가 풀리는 듯 몽롱한 기분이 들었다. 이대로 따스한 침대에 누워 잠이 들면 내일 아침 개운하게 일어날 수 있을 것이다.

몸을 대충 닦고 샤워가운으로 갈아입었다. 깨끗한 물을 마시고 밖을 바라보았다. 전망이 좋았다.

그는 이렇게 위에서 아래로 내려다볼 정도로 성공했다. 하지만 아직 모자란 것을 느끼고 있었다.

그는 이 나라의 가장 위에 오르고 싶은 야망이 꿈틀거리고 있는 것이다.

"이성만의 제의를 받아들일 걸 그랬나."

그는 약간의 후회가 밀려왔다.

그의 뒤를 이었다면 이 나라의 가장 위에 오를 수 있는 기간이 짧아졌을 것이다.

"좀 늦는다고 실패한 건 아니니까."

그는 그렇게 읊조리고 다시금 물을 마셨다. 누군가의 도움을 받아 이루는 것. 그것은 상두에게 어울리는 것이 아니다. 또 그가 바라는 것도 아니었다.

휴대전화가 울렸다.

"늦은 시각에 누구지?"

이런 늦은 시간에 전화가 울리는 경우는 거의 없다. 회사에 급박한 일이 있을 경우만 빼고는.

"회사인가."

그는 긴장한 듯 침을 꼴깍 삼키며 전화를 받았다.

역시나 박강석이었다.

"네, 네. 알겠습니다."

상두는 전화를 마치고 빠르게 옷을 갈아입고 밖으로 나갔다.

그는 급하게 차를 몰았다.

"제기랄… 도대체 왜 이런 일이……."

그가 급박하게 회사로 향하는 이유는 바로 사건이 일어났기 때문이다.

굿 디펜더에 가입한 회원 중 하나가 묻지 마 공격을 당해 식물인간이 된 것이다. 묻지 마 범죄에 대해서 신속하게 대처할 수 있는 방법은 사실 없다. 그렇기에 문제가 되지 않는다. 하지만 굿 디펜더의 회원이 다쳤다는 것이 문제였다.

굿 디펜더가 광고하는 것이 '위험을 접하고 10분 안의 출동!' 이었다. 그 광고에 부합되지 않은 사건이니 당연히 문제시 될 수 있을 것이다.

회사에 그가 도착하자 임원진들이 모여 심각한 표정을 짓고 있었다.

"대표님 오셨습니까."

이사들은 상두가 오자 일어나 인사를 했다.

"아, 무슨 일입니까."

상두의 물음에 이사진 중 가장 연장자가 입을 열었다.

"사건에 대해서 말씀해 드리겠습니다."

내용인 즉슨.

굿 디펜더의 회원이 밤길을 가다가 괴한에게 성폭행을 당했다고 한다. 너무도 저항을 해서 괴한은 그녀를 폭행하기 시작했고 그 위해가 과도해서 그 과정에서 사고를 당했다는 것이다. 성폭행을 당하는 과정에 있었다면 분명히 굿 디펜더가 출동할 시간적 여유가 있었다는 말이 된다.

"그동안 우리 직원들은 출동을 하지 않고 무엇을 했습

니까?"

"그게… 우리 직원들이 어플의 자동신고를 받고 출동한 곳에는 피해자가 없었습니다. 그곳과는 몇 백 미터나 떨어진 곳에서 피해자가 발견되었습니다."

상두는 인상을 찌푸리며 머리를 매만졌다.

"어플이 전해준 위치에 오류가 발생할 수도 있습니까?"

그의 물음에 철진이 대답했다.

"GPS를 통해 알려지는 위치이기 때문에 오류가 있을 수는 없습니다."

"그렇다면 이상한 일 아닙니까."

"그러니까 엔지니어들이 미치는 겁니다."

철진의 말에는 굉장한 심리적 부담감이 담겨져 있었다. 회사의 어플을 개발하고 또 네트워크도 구성한 인물이 바로 철진이었다. 당연히 비난은 고스란히 그의 것이 될 수밖에 없는 상황이었다.

"지금 기자들을 철저히 막고는 있지만 끝까지 막는 것은 불가능합니다."

박강석의 말에 상두는 고개를 끄덕였다.

기자들이란 먹잇감을 물면 절대로 놓지 않는 인종들이다. 지금까지 기다려 준 것만 해도 거의 기적이라고 할 수가 있었다.

"일단 내일 기자회견 준비하시고 대책회의를 서두르세요."

상두의 말에 모두들 고개를 끄덕였다.

역시나 다음날.

뉴스마다 발칵 뒤집혔다. 요즘 특히나 성폭행과 강력범죄에 민감한 가운데 이런 사건이 터지니 당연하다. 게다가 개인경호를 맡은 굿 디펜더의 늦장 대응으로 사건이 더 커졌다는 이야기가 나오고 있었다. 미리 출동을 했다면 상해사건으로까지 비화되지는 않았을 거라는 여론이 조성되었다.

덕분에 굿 디펜더의 주식이 떨어지기 시작했다.

대주주들은 이 점을 걸고넘어지기 시작했다. 가뜩이나 거의 독단적으로 일을 행하는 이사진들이 그들의 마음에는 들지 않았던 것이다.

아무리 대표가 권력의 비호를 받는다고는 하지만 대주주 쪽에서도 정치권에 손이 닿아 있는 사람들이 많았다.

이것을 빌미로 꼬투리를 잡아 이사진을 퇴진시키고 본인들의 입맛에 맞는 사람들로 교체하려는 속셈인 것이다.

상두는 호텔에 비치된 차량에 빠르게 올라탔다. 뒷문으로 나와서 기자들이 달라붙는 것은 피할 수 있었다.

"후우⋯⋯."

그는 차에 오르자마자 한숨을 내쉬었다.

상두는 기자회견을 하고 나왔던 것이다. 그곳은. 상두에게 정말 난감한 곳이었다.

앞으로 이러한 일들을 반복하지 않겠다는 이야기만 앵무새처럼 반복한 것 같았다. 그는 공포영화를 본 듯 온몸이 땀으로 뒤덮였다. 지금의 상황은 어쩌면 상두에게 공포영화보다 더한 상황일 것이다.

그는 땀을 손수건으로 닦아냈다.

손수건이 금방 땀으로 흥건히 젖어갔다.

산전수전 다 겪은 카논의 영혼의 상두지만 이런 일은 정말 견디기 힘들었다. 차라리 두들겨 맞는 편이 더 편할 것이다.

그는 곧바로 회사로 향했다.

이사진들의 대책회의에 참여하기 위해서였다.

그가 도착하자 회의는 바로 시작되었다.

하지만 회의 내용은 별것이 없었다. 그저 원론적인 이야기만 되풀이 될 뿐이었다. 진전 따위는 없었다.

'내가 이런 사람들을 이사진이라고 뽑은 건가?'

아무런 성과가 없이 끝나 버린 회의. 상두는 한숨만 내쉴 뿐이었다.

모두가 떠나간 회의실에 상두는 혼자서 앉아 있었다. 머리가 지끈거리는 듯 계속해서 이마를 매만졌다.

그의 휴대전화가 울렸다.

지금 그가 들고 있는 사업용 번호를 알고 있는 사람들은 그리 많지가 않다. 회사 중역이나 부모님 정도. 아니, 한 사람, 수민이 있었다.

역시나 전화번호에 뜨는 번호는 수민이었다.

"여보세요."

상두가 전화를 받자 익숙한 목소리가 들려온다.

—지금 좀 만나.

그녀의 말투는 독기가 없었다. 마치 예전이 그를 불렀던 그 다정한 목소리였다.

"무슨… 일이야?"

—만나서 이야기해. 꼭 해주고 싶은 이야기가 있어.

그녀의 말에 상두는 의아했다. 지금껏 연락도 없던 사람이 갑자기 연락을 해왔다.

—꼭 만나.

그녀는 무언가 절실한 사정이 있는 것 같았다.

"알았어. 내일 만나."

—아니, 지금.

그녀는 상두를 재촉했다. 무슨 일인가 싶어 그는 그녀의 말대로 할 수밖에 없었다.

CHAPTER **08**
뒤통수

상두는 그녀를 만나기 위해 그녀가 말한 장소로 향했다.

도대체 그녀가 무슨 이유로 그를 만나려 하는지 알 수가 없었다. 옛정이 남아 있어서 그런 것은 절대로 아니었다.

이성만의 저택에서 일전에 만났을 때 그녀의 표정과 행동은 그를 완전히 마음에서 끊어낸 모습이었다.

그녀는 상두를 증오한다. 그로 인해서 아버지가 죽었다고 생각하니 말이다. 하지만 상두는 그녀를 끊어낼 수가 없었다. 잊은 줄 알았고 이제는 더 이상 생각나지 않는다고 생각했지만 일전의 이성만의 저택에서 그녀가 이성만에게 농락당할 것이라고 생각하니 가슴에 불이 올라왔었다. 아직 그는 그녀를 잊어내지 못한 것이었다.

그녀를 만나러 간 곳은 일산의 호수공원이었다.

상두는 호수 근처에서 바람을 맞으며 서 있는 수민의 뒷모습을 보았다. 아무리 오래되었다고는 하지만 그녀의 뒷모습조차 그는 잊고 있지 않은 것이다. 분명 수민이 틀림이 없었다.

그녀는 서서히 뒤돌아섰다. 다가오고 있는 상두를 발견하고는 차가운 눈초리로 인사한다.

"오랜만이에요."

상두는 멋쩍게 머리를 긁적인다. 역시나 그녀의 눈빛은 언제나처럼 차갑다.

"그래, 오랜만이야."

그는 희미하게 웃음 지으며 화답했다.

두 사람은 아무런 말이 없었다.

안부의 말도, 증오의 말도 아무것도 하지 않았다. 그저 원래부터 그랬다는 듯 아무런 말도 없이 그저 물끄러미 정면만 응시할 뿐이었다.

"요즘 힘들죠?"

수민이 입을 열었다.

상두는 아무런 대답을 하지 않았다. 그녀에게 그의 속사정을 모두 말하고 싶지는 않았던 것이다.

"그래요, 힘들 거예요."

그녀 역시 지금 굿 디펜더의 일을 알고 있었던 것이다. 인터넷이며 뉴스마다 연일 두들기는 통에 온 나라가 떠들썩하니 그녀가 모르는 게 더 이상하다.

"힘들지… 그런데 견딜 만해."

"그래요? 내가 좀 도와주려고 했는데 아쉽네요."

그녀의 말에 상두는 그녀를 잠시 바라본다. 예상하지 못한 그녀의 말이었다.

"도와주다니?"

"주주들이 반발이 심하다고 들었어요. 이사진을 교체할 움직임을 보인다면서요?"

"그렇지. 주가가 연일 하강곡선이니까."

역시나 굿 디펜더의 소식은 사업하는 사람들에게 자세하게 퍼져나간 것일 테다.

상두는 씁쓸한 웃음을 보였다.

"제가 도와줄 수 있을 것 같아요."

그녀가 또다시 도움에 대해서 이야기를 했다.

상두는 이해할 수가 없었다. 그녀가 어떻게 상두를 도울 수 있단 말인가?

"어떻게 도와준다는 거지?"

"제가 주식을 많이 사들여서 힘 있는 대주주가 되겠어요."

상두는 눈을 크게 떴다. 아무리 굿 디펜더의 주식총량이 그리 많지 않다고 해도 젊은 여자가 대주주가 될 정도로 호락호락한 곳은 아니었다.

"무슨 소리지?"

"고작 이런 일로 당신의 회사가 흔들리지는 않을 거에요. 하지만 대주주들은 지금의 이사진에게 불만이 많다고 들었어요. 그런 상황에서는 지금의 사건은 꼬투리를 잡기 좋은 기회죠."

상두는 고개를 끄덕였다. 그렇게만 된다면야 더 바랄 것이 없었다.

하지만 이성만의 원조를 받았다고는 하지만 고작 2년 남짓한 세월 동안 그렇게 많은 돈을 모을 수 있었던 말인가.

"그게 가능할까?"

"거의 2년이 가까운 시간 저는 놀고만 지낸 게 아니에요. 회장님의 일도 도왔고 그 덕분에 꽤나 많은 돈을 모을 수가 있었어요. 그 돈으로 사채를 시작했어요."

상두는 이제야 이해가 되었다. 사채라면 악랄하게만 한다면 금방 큰돈을 모을 수 있을 것이다. 게다가 이성만까지 등에 업었으니 공권력의 압박도 피할 수 있었을 것이다. 그래도 상두는 이해할 수가 없었다.

"아무리 그래도 왜? 너는 날 증오하잖아."

증오.

그렇다.

그녀는 상두가 아버지를 죽인 것으로 생각하고 증오하고 있지 않은가. 그런 상대를 도와준다는 것은 이해가 되지 않았다.

"증오라… 증오하기 때문에… 그래서 도와주는 거에요."

그녀의 말에 상두는 의아했다. 증오한다면 지금 상두의 몰락을 바라고 있어야 하지 않는가.

"도무지 이해할 수가 없어. 그래서 도와주는 거라니."

"나는 당신이 최고로 섰을 때 무너뜨리고 싶어요. 최고가 아니면 의미가 없어요. 하지만 지금 당신은 최고가 아니잖아요?"

상두는 씁쓸하게 웃었다. 이유는 역시 그를 무너뜨리기 위해서.

"그러니까 강해져요."

수민의 이어진 말에 상두의 눈동자가 떨린다.

"그게, 무슨 의미지?"

수민은 상두를 보지 않고 하늘을 바라보며 말을 이었다.

"아무 의미 없어요."

상두는 씁쓸한 웃음을 보였다. 하지만 이내 고개를 끄덕였다.

"네가 쓰러뜨릴 때에 희열이 느껴질 만큼 강한 사람이 되지. 그게 네 삶의 원동력이라면……"

"그래야 제가 쓰러뜨려야 할 사람이죠. 꼭 강해지세요."

수민이 바라보자 상두는 고개를 굳건히 끄덕였다. 수민도 고개를 끄덕이더니 말을 이었다.

"그럼 이만 돌아가세요."

상두는 고개를 끄덕이고 뒤돌아섰다. 완전히 믿을 수는 없었지만 그녀가 도와준다면 이사진들의 압박에서 조금은 자유로워질 수 있을 것이다.

돌아서는 상두는 계속해서 수민을 돌아보았다. 아쉬움이 많이 남는 눈빛이었다.

그가 이제 돌아보지 않고 아주 멀리 멀어질 때까지 수민은 상두를 바라보았다. 수민의 눈에도 아련한 무언가가 감돌았다.

하지만 이내 고개를 흔들어 아련한 빛을 깨뜨렸다.

"오랜만에 옛 남자를 만나니 가슴이 많이 아린가 보군."

동민이 어디선가 나타났다.

동민은 멀리서 두 사람의 모습을 바라보고 있었던 것이었다.

"쓸데없는 소리 하지 말아요."

"그래, 그러지. 이야기는 확실하게 전했겠지?"

그녀는 말없이 고개를 끄덕였다. 눈동자가 약간은 흔들리는 것 같았다.

"반응은 어때? 의심하던가?"

"조금은."

"역시나 의심이 많은 놈이로군."

"아무래도 눈으로 보이는 결과를 보여주어야만 믿을 것 같아요."

"그렇다면 역시나 주식을 대량 매입해야 할 것 같군. 그런 돈은 충분한가?"

그의 물음에 그녀는 고개를 끄덕였다. 지금까지 사채업으로 죽음의 위협까지 느끼면서 벌었다. 그 정도 돈은 충분히 모았다고 자신할 수 있는 그녀였다.

"그렇다면 믿어보지. 그 이후 그놈을 요리하는 건 내가 될 거야"

그는 히죽 웃으며 다시금 물었다.

"그럼 오늘 밤 어때?"

"짐승은 상대하지 않아요."

그녀의 말에 동민은 뭐가 좋은지 크큭거렸다. 하지만 이내 정색하고 말했다.

"그럴 용기도 없는 위인이지만 만약에 배신을 생각한다

면… 재미없어."

"걱정 말아요. 당신이나 상두에게 겁이나 먹지 마시죠."

수민은 그렇게 차갑게 말을 남기고 돌아섰다. 그리고 뒤도 돌아보지 않고 빠르게 걸음을 옮겼다. 동민과 같은 공간에 있는 것이 소름끼치는 듯했다.

멀어지는 그녀의 모습을 바라보며 동민이 히죽거리며 입맛을 다셨다.

"네년은 언제고 내 발치에서 오르가즘으로 울게 만들어 버리겠다. 크큭."

그렇게 징그러운 웃음을 보이며 그는 수민의 뒷모습을 바라보았다.

*　　　*　　　*

며칠이 지나고 정말로 수민은 많은 양의 주식을 구매했다. 덕분에 그녀는 회사의 대주주 중 하나가 되었다. 상두는 이제야 됐다는 생각을 하게 되었다.

"설마설마 했는데……."

사실 그녀의 말을 백퍼센트 신뢰한 것은 아니었다.

하지만 이렇게 백퍼센트 해결해 준 것에 상두는 너무도 감사했다.

"믿을 수 있을까?"

박강석은 아직도 의심하고 있었다. 상두는 약간 인상을 쓰고 말했다.

"의심을 할 필요가 있을까요."

"이봐, 난 수민을 너보다 더 오래전부터 봐왔어. 아장아장 걸어 다닐 때부터 봐왔다고. 수민은 내가 너보다 더 잘 알아. 그렇게 신념을 쉽게 꺾을 아이가 아니야."

그의 말에 상두는 고개를 흔들었다.

"왜 그렇게 의심이 많으세요."

"너는 왜 그렇게 의심이 없어? 지금 네가 어떻게 보이는 줄 알아?"

"어떻게 보이는데요?"

"오지랖이 넓은 병신."

상두는 배시시 웃었다. 하지만 상석은 그렇지 못했다. 대표의 잘못된 선택에 이사진이 모두 퇴진된다면 어떻게 하겠는가.

"너의 결정이니 난 무조건 따르겠지만… 경계하는 게 좋아."

박강석은 그렇게 말하고 자리에서 일어나 대표실을 나갔다. 상두는 그런 박강석을 이해할 수가 없었다.

하지만 그의 생각이 틀린 것이 아니었다. 매사에 조심스러워서 나쁠 것은 없었다.

그러나 상두는 지금 아무것도 귀에 들어오지 않았다. 그릇
된 것을 바로잡는 것이라고 할지라도.

"이제 나가볼까?"

상두는 자리에서 일어났다. 그리고 미리 준비한 꽃다발과
선물 박스를 들었다.

감사함을 표시하기 위해 상두는 수민에게 저녁을 대접하
길 원했다. 그리고 약속을 잡고 지금 그녀를 향해 가는 중이
었다.

약속 장소로 가는 동안에도 그는 얼떨떨했다. 그녀가 그렇
게 상두를 도와줄지는 몰랐던 것이다.

"도대체 이유가 뭘까?"

그는 계속해서 고민했다. 역시나 직접 만나야만 그녀의 속
내를 알 수 있을 것이다.

그는 예약한 레스토랑에 먼저 도착했다.

"예약하셨습니까?"

입구에서 직원이 상두에게 묻는다. 상두는 웃음을 보이며
대답했다.

"박상두로 예약이 되어 있을 겁니다."

박상두라는 이름이 거론되자 그는 눈을 크게 떴다.

"아. 굿 디펜더 대표님이시군요."

상두는 대답을 하지 않고 그저 웃었다. 이 레스토랑 역시 굿 디펜더와 계약을 맺은 곳이었다. 일전에 사고가 있었을 때 굿 디펜더의 빠른 출동으로 큰 손실을 막을 수 있었다. 그때 이후로 굿 디펜더가 어떠한 상황이라고 해도 임직원들은 이곳에서 VIP대접을 받았다. 당연히 대표인 상두는 이곳에서는 VVIP인 것은 당연하다.

"자리로 가시죠."

직원은 상두를 예약된 자리로 안내했다.

그가 안내한 곳은 전망이 좋은 창가자리.

"주문은 일행이 오면 하겠습니다."

상두의 말에 직원은 고개를 숙여 인사하고 물러났다.

그는 자리에 앉아 창밖을 바라보았다.

차들이 지나가는 모습과 사람들이 지나가는 모습은 건물들의 야경이 어우러져 아름나운 풍경을 만들어냈다.

그것을 한참을 바라보았다.

언제나 보아도 이 모습은 꽤나 아름다웠다. 자연과는 또 다른 풍광을 만들어내는 것이었다.

"손님이 오셨습니다."

직원이 창밖을 바라보고 있는 상두에게 말했다.

"아, 그렇군요."

상두가 돌아보니 수민이 서 있었다. 직원은 그녀가 앉기 편

하게 의자를 빼주었고 그녀는 그에게 눈웃음을 보이며 목례
했다.

하지만 상두를 바라보는 눈빛은 차가웠다. 상두는 그 차가
운 눈빛에 몸둘 바를 몰랐다.

도대체 저런 차가운 눈빛의 수민이 왜 상두를 돕는다고 나
서는 것일까.

높은 곳에 올라선 그를 쓰러뜨리고 싶다고는 했지만 그것
으로는 설명이 되지 않는다.

두 사람은 말없이 즐겁게 저녁식사를 하였다.

최고급 코스요리가 나아왔다. 상두는 그것을 먹는 모습이
많이 세련되어졌다. 조금씩 여러 가지를 챙겨주는 절제된 매
너도 보여주었다.

예전의 풋풋함이 느껴지지 않았지만 성숙함이 보기가 좋
았다. 하지만 과시하려는 것도 아니었고 그저 몸에 밴 것이
나타나는 것이었다.

"많이 변했네요."

수민은 턱을 괸 채 상두를 바라보고 있었다. 상두는 의아한
듯 물었다.

"그렇군."

"성숙했다고 해야 할까요?"

그녀의 말에 상두는 웃음을 보였다.

"선물도 많이 성숙해졌을 거야."

그러고는 그의 옆 의자에 놓아두었던 꽃다발과 선물상자를 꺼냈다.

"만나자마자 바로 줬어야 했는데 말이야."

그녀는 상자를 풀었다. 안에는 고급 명품 향수가 들어 있었다.

"받아야 하는 건가요."

"선물이니까."

그녀는 상두의 선물을 받아 들었다.

"향수로군요."

"마음에 들런지 모르겠어. 향수는 예전에 네게서 나던 향기를 더듬어 구매했어."

말은 하지 않았지만 그녀의 눈동자가 흔들리는 것을 상두는 느낄 수가 있었다. 마치 유리가 깨지기 위해서 잠시 금이 가는 듯한 모습이었다.

두 사람은 저녁식사를 그렇게 마쳤다.

엘레베이터를 타고 내려오는 동안에도 두 사람은 아무런 말을 하지 않았다. 어색한 분위기에 상두는 헛기침을 몇 번 했고, 그녀 역시 창으로 되어 있는 엘레베이터 뒤쪽을 바라보며 아무런 말을 하지 않았다.

지하 주차장에서 상두가 그의 차로 다가갈 무렵.

"우리 집에서 차 한잔할래요?"

문득 그녀가 말했다.

상두는 의아했다.

식사만 하는 것으로 끝날 줄 알았더니… 게다가 그녀의 집에서 차를 마시자고 하니 의아한 것은 당연한 것이었다.

"싫어요?"

그녀는 차갑게 다그쳤다.

상두는 말없이 고개를 끄덕였다. 지금 상황에서 그녀의 심기를 건드려서 좋은 것은 없었다.

그들은 서로 차를 몰아 수민이 살고 있는 고층 아파트를 향했다.

두 사람은 수민의 집으로 들어섰다.

"이야. 집이 참 좋네. 읍!"

들어서자마자 그녀는 상두를 향해 키스를 했다.

상두는 당황했다.

갑자기 달려드는 수민의 태도에 놀란 것이다. 상두는 놀라서 그녀를 밀어냈다.

"이게 무슨 짓이지?"

상두의 물음에 그녀의 눈에는 눈물이 고였다.

"더이상… 더이상 내 마음을 숨길 수 없어요…….."

"그건 또 무슨 말이야."

"당신은… 당신은 내 아버지를 죽게 만든 원수예요…….
그래서… 그래서 당신을 원망했는데… 당신을 무너뜨릴 거라
고 다짐했는데… 그런데……."

상두는 그녀를 물끄러미 바라보았다. 그녀는 이제 눈물을
또르르 흘렸다.

"당신을 다시 보자 가슴이 떨려왔어……!"

상두는 그녀를 와락 끌어안았다.

"그만, 그만……. 말하지마……."

상두는 가슴이 뜨거웠다.

너무도 아름다웠던 지난날들이 머릿속에서 다시금 떠올라
가슴을 뜨겁게 만든 것이다.

그렇게 두 사람은 서로의 몸을 탐했다.

풋풋했던 지난날의 모습은 없이 농염한 연인들의 모습처
럼 그렇게 서로의 몸을 탐했다.

수도 없이 절정에 다다랐고 수도 없이 행복감을 맛보았다.

상두는 그렇게 행복했다.

*   *   *

상두는 부서지는 아침 햇살에 눈을 떴다.

"으음……."

따스하고 포근한 느낌에 더 잠을 자고 싶었지만 일어났다. 출근을 해야 하기 위해서였다. 대표라고 해도 마음대로 회사생활을 한다면 사내 규율이 흐트러질 것이다.

밤새 그녀와 만족할만한 교합을 벌였지만 피곤함이 전혀 없었다. 피로가 모두 풀리는 것 같은 그런 느낌.

"일어났어요?"

앞치마를 입은 수민이 싱긋 웃으며 그를 반겼다. 상두는 그런 그녀의 미소에 화답하며 환하게 웃음을 보였다.

그녀는 상두를 위해 정성스레 아침도 준비하였다. 된장찌개도 있었고, 여러 가지 밑반찬이 있었다. 그야말로 가정의 아침식사였다.

"와아~ 이걸 아침에 다 준비한 거야?"

수민은 대답 없이 싱긋 웃는다. 두 사람은 맛있게 식사를 마쳤다.

상두는 출근을 위해 옷을 주섬주섬 입었다.

"그거 입지 말아요."

수민은 옷장에서 무언가 옷을 꺼냈다. 아직 텍도 뜯지 않은 새옷이었다.

"아침에 급하게 사느라 어울릴지는 모르겠어요. 그래도 남자가 회사에 가는데 허름한 옷을 입고가면 안 돼요."

수민은 손수 텍을 뜯고 옷을 입기 좋게 늘어놓았다.

상두는 그것을 천천히 입었다. 이 행복감을 계속해서 누리고 싶기 때문이었다. 마치 신혼부부가 된 것 같은 그런 느낌이 들 정도였다.

상두는 흐뭇한 얼굴로 출입문 앞에 섰다.

"잘 가요."

그녀는 웃음을 보여주었다.

하지만 어딘가 모르게 서글퍼 보이는 그런 눈빛이었다. 상두는 의아했지만 미소를 보이며 밖으로 나갔다.

돌아가는 차 안에서 그는 너무도 행복했다.

다시 옛날로 돌아간 기분이었다. 몇 년 전의 풋풋한 첫사랑으로 돌아간 느낌이었다. 중력을 거스르고 하늘로 올라갈 것 같은 느낌.

차가 막혀도 누군가의 차량이 칼치기를 하며 끼어들어도 그는 화도 내지 않고 소리도 지르지 않았다.

세상은 핑크빛이었다.

덕분에 그의 입가에는 계속해서 웃음이 나왔다. 이런 기분이라면 세상 전부를 다 살 수 있을 것만 같았다.

그렇게 기분 좋은 귀에 휴대전화의 울림이 들려왔다. 평소라면 귀찮을 휴대폰의 멜로디는 마치 사랑노래처럼 들려왔다.

"누구지."

상두는 휴대전화를 확인했다.

박강석이었다.

"여보세요."

─어디야, 대표님! 빨리! 빨리 회사로 와!

그의 목소리는 급박했다.

"무슨 일이에요?"

─전화로 할 이야기가 아니니까 빨리 와!

상두는 어쩔 수 없이 빠르게 차를 몰아 회사를 향했다. 박강석이 저렇게 급박한 목소리로 전화를 할 정도라면 사안이 심각한 모양이었다.

그는 잠시간 좋은 기분은 접어두고 급하게 운전을 했다. 신호 위반은 기본이고 과속까지 해댔다.

그렇게 '미칠 듯한 스피드'로 회사에 도착했다. 그는 박강석이 있다는 회의실로 향했다.

그곳에는 이사진들이 모두 모여 있었다. 그들의 얼굴에는 하나같이 수심이 가득했다. 마치 패배한 국가의 수뇌부 같은 모습이었다. 아니, 그것보다 더한 모습이었다.

"무슨 일입니까?"

상두는 당황했다.

어제까지만 해도 회사는 잘 돌아가고 있었다. 그런데 반나절도 안 되는 이 시간 만에 도대체 회사에 도대체 대표가 모르는 무슨 일이 일어났단 말인가!

"이걸 보십시오."

박강석은 상두에게 무언가를 내밀었다.

그것은 공문이었다.

"뭡니까, 이게."

상두는 그것을 받아 쥐고 천천히 읽었다. 그것을 본 상두의
눈초리가 커졌다.

"주주총회라니! 이사회 사퇴 건이라니!"

그는 공문을 구겨서 집어 던졌다!

이해할 수 없는 상황이 벌어졌다. 분명히 수민도 대주주로
올라서면서 다른 주주들의 압박에서 벗어났다고 생각했다.

하지만 결과는 정반대!

"어떻게 된 겁니까? 이게!"

상두의 물음에 박강석이 소리쳤다.

"그건 내가 묻고 싶은 말이야! 도대체 무슨 짓을 저지른 거
야!"

박강석의 외침에 상두는 어안이 벙벙했다. 그렇다면 이것
은 상두 본인의 잘못이란 말인가!

"수민의 짓이야! 아무리 대주주들이 원성이 있어도 이사진
이 가지고 있던 주식의 총량이 더 많아서 잠자코 있었어! 하
지만 수민이 주식을 대량으로 매입해서 이렇게 된 거야! 내가

수민을 믿지 말라고 했잖아!"

강석의 화에 가득 찬 설명에 상두의 머리가 둔기를 맞은 듯 멍했다.

"그렇다면……!"

그는 어지러운 듯 휘청거렸다.

어제 보여준 그 수민의 행동은 그저 상두를 물먹이기 위해서 했던 것!

"아직 일주일 정도의 시간이 남아 있습니다. 어떻게든 해봐야지요."

상두는 다시 밖으로 나가려 문을 열었다.

"어디 가는 거야, 대표님."

박강석의 물음에 상두는 씁쓸한 미소와 함께 대답했다.

"수민이를 만나러 갑니다."

그의 대답에 박강석은 고개를 끄덕였다. 지금은 어떠한 지푸라기라도 잡아야 하는 순간이었다. 게다가 상두가 저런 눈빛을 보인다면 걱정할 필요가 없었다.

명민함을 되찾았으니.

밖으로 나온 상두는 차를 몰고 수민의 집으로 향하였다. 어떻게 된 일인지 이미 자명했지만 제대로 된 설명을 들어야만 했다.

수민과 만나기 위해 계속해서 전화를 걸었다. 하지만 그녀는 전화를 받지 않고 있었다. 일부러 피하는 것은 아닌지 불안해졌다.

그럴수록 상두의 가슴은 타들어 가는 것 같았다.

"전화 좀 받아라!"

그렇게 수십 통의 전화를 하자 전화를 받았다.

"지금 만나. 당장."

상두는 수민의 의견도 묻지 않은 채 그렇게 말하고 전화를 끊었다.

수민의 아파트 앞에 섰다.

"막무가내로 못 들어가십니다."

경비들이 상두를 가로막았다. 역시나 고급 아파트인 만큼 경비가 철저한 곳이었다.

하지만 이내 어떠한 인터폰을 받고는 그의 길에서 비켜주었다. 아마도 수민이 연락을 한 것 같았다.

상두는 수민의 집 문 앞에 섰다.

"문을 쉽게 열어줄까?"

그리고 심호흡을 하고 초인종을 눌렀다.

하지만 문은 생각보다 쉽게 열렸다. 문이 열리자 현관에서 수민의 모습을 볼 수가 없었다. 어제와는 다른 짙은 화장의 여성이 되어 있었다. 너무도 어색하고 어색한 모습.

"들어와요."

얼어버릴 것 같은 차가운 눈빛으로 상두를 맞이하는 수민.

어제 그렇게 뜨거운 사랑을 나눴던 따스한 그녀의 눈빛이 아니었다.

상두를 얼려 버릴 것만 같았다.

"앉으세요."

상두는 그녀의 안내대로 소파에 앉았다. 그녀는 테이블 위에 미리 준비한 차를 내려놓았다. 그는 차를 마시지 않고 수민을 바라보았다.

"이게 무슨 짓이야."

상두의 물음.

잠깐 동안 침묵이 흐른다. 하지만 이내 그녀는 차가운 미소를 짓는다.

"내가 무슨 짓을 했다는 거죠?"

"걱정 말라고 했잖아. 당신이 도와준다고 했잖아."

상두의 말에 그녀는 박장대소를 보였다.

"그 말을 믿었어요?"

너무도 경박한 웃음.

이건 수민의 웃음이 아니다. 수민의 웃음은 아름답고 청아했다. 그 모습을 기억하는 상두는 인상을 찌푸렸다.

"사업하는 사람이 그런 걸 믿어요?"

수민의 말은 맞는 말이다. 사업하는 사람이 사람을 함부로 믿고 회사에 관련된 것을 넘겨주는 것은 바보짓이다.

"이봐요, 박상두 씨. 정신 차려요. 이건 전쟁이에요. 전쟁 통에 적을 믿는 바보도 있나요? 깔깔깔!"

그녀의 웃음에 상두는 믿기지 않는 듯 고개를 절레 흔들었다. 어제는 분명 아니 오늘 아침에만 해도 그녀는 상두를 보고 웃음 지었다. 상두에게 따스한 밥을 마련해 주었다. 그런 그녀가 왜 갑자기.

"하암!"

누군가가 하품을 하며 방문을 열고 나아온다. 윗도리를 모두 벗고 팬티만 입고 있는 한 사람. 그는 동민이었다.

상두의 눈동자가 커지더니 손이 파르르 떨려왔다.

"역시나… 역시나 그래서였군."

그는 자리에서 일어났다.

"내가 잘못 온 것 같군."

정신적인 충격을 입었을 상두.

하지만 의외로 눈빛은 명민했다. 마치 꿈에서 깨어난 사람처럼. 허무하지만 현실을 깨달은 것처럼.

그는 돌아갔다. 더 이상 이곳에 있을 이유도 가치도 없었던 것이다. 그는 한바탕 꿈에서 깨어났다.

"이렇게까지 해야 하나?"

상두가 나가자 동민은 머리를 긁적인다. 하지만 재미있다는 듯 연신 웃고 있었다. 동민이 바란 풍경이 바로 이런 것이다.

"이런 장난은 당신이 좋아하는 거잖아요?"

수민의 말에 그는 다시금 장난기가 발동했는지 그녀에게로 다가간다. 그리고 구석으로 몰아 벽에 기대게 만들었다.

"지금 뭐하는 거죠?"

그가 천천히 다가가자 그녀는 품에서 무언가를 꺼냈다. 그것은 총이었다. 그녀는 지체하지 않고 총구를 그의 턱에 가져다 댔다.

"당신과 함께하는 건 내가 상두를 무너뜨리기 위함이야. 자꾸만 더 이상의 것을 요구하면 나도 가만히 있지 않을 거야. 알아?"

"어허. 이런 건 또 어디서 구했대."

동민은 천천히 일어난다. 총구는 동민의 머리를 따라 이동한다. 동민은 두 손을 들었다. 정말로 쏠 것 같지는 않지만 조심해서 나쁠 것은 없었다.

"난 사채로 뼈가 굵어가고 있는 여자야. 이런 것 구하는 것쯤은 어려운 일이 아니야."

수민의 말에 동민은 히죽 웃음을 보였다.

"팬티바람으로 머리에 구멍 나고 싶지는 않은데?"

동민은 총구에서 멀어져 주섬주섬 옷가지를 다시 입었다. 옷가지를 입으면서도 미친 사람처럼 계속해서 키득키득 웃음을 보였다.

옷을 다 입은 동민은 다시 표정이 심각하게 바뀌며 입을 열었다.

"아직 상두가 무너진 건 아니야. 그놈은 조금만 밟고 올라갈 것이 있다면 무조건 치고 올라오니까. 바닥부터 찬찬히 부셔 버려야 해."

동민은 말을 마치고 셔츠의 마지막 단추를 잠그었다. 표정이 시시때때로 변하는 동민. 그 모습에 수민은 두려움을 느꼈다. 이런 광기의 남자와 손을 잡은 것을 이제와 후회해 봤자 소용이 없을지도 모른다.

"역시나… 박 상무의 말이 낮군……."

자동차를 모는 그의 손은 아직도 바들바들 떨렸다.

하지만 그의 눈동자는 멀리까지 바라보고 있는 듯한 모습이었다. 충격은 받았지만 이제 정신적으로는 수습한 것이다. 그리고 지금의 떨림은 카논의 떨림이 아니다. 아직까지 육체에 남아 있는 상두의 나약한 마음의 떨림인 것이다.

역시나 수민은 동민과 함께 손을 잡았다. 어쩐지 그녀는 너무도 살갑게 상두를 대했다. 사실 머리는 이미 알고 있었을 것이다.

하지만 마음이라는 놈이. 아직까지 정이라는 것이 남아 있는 마음이라는 놈이 그의 머리를 혼란스럽게 만들어 버린 것이다.

잠시 동안이나마 실책을 했다는 것에 상두는 자책했다. 하지만 자책을 해봤자 소용이 없었다. 모든 일이 일사천리로 이뤄진다면 세상사 무슨 재미가 있겠는가.

"이제 히든카드를 꺼낼 차례인가."

상두는 이럴 때를 대비해서 히든카드를 숨겨 놓았다. 그렇게 허술하고 녹녹한 남자가 아니다.

그는 휴대전화의 핸즈프리를 들었다.

"접니다, 박상두. 이제 시작되었습니다. 준비하십시오, 황집사님."

상두는 그렇게 전화를 끊고 쓸쓸한 미소를 보였다.

*　　　*　　　*

동민은 늦은 저녁 병원으로 향했다.

그의 발걸음은 무겁다. 발걸음은 무거울 수밖에 없었다.

지금 동민이 향하는 곳은 할아버지가 입원하여 있는 곳이다. 아무리 그가 지금 정신이 온전치 않다고 해도, 상두에 대한 분노가 있다고 해도, 할아버지를 그렇게 만든 것은 그에게도 죄책감으로 내려앉았다. 용서 받을 수도 또 돌이킬 수도 없는 그런 죄인 것이다.

"빌어먹을 놈들 아직도 있네."

병원에 도착한 그의 눈에 들어온 것은 입구를 지키고 있는 보안요원들이었다.

바로 굿 디펜더의 직원들.

동민의 눈에는 그들이 무척이나 거슬렸다.

이곳을 위험한 인물이 노리고 있다는 이유로 이렇게 진을 치고 있었다.

특히나 그가 출입문을 들어설 때마다 무전으로 무언가를 자꾸 누군가에게 보고하곤 했다. 그것이 동민의 기분을 더욱 더 나쁘게 만들었다.

이번에도 역시 동민이 들어서자 뚜루루 하는 소리와 함께 무전을 넣고 있었다.

하지만 무슨 보고를 하는지는 들을 수가 없었다. 알 수 없는 암호와 같은 말로 보고했기 때문이다.

'빌어먹을 놈들.'

동민은 그들을 더 이상 신경 쓰지 않기로 했다. 신경을 써 봤자 그의 머리만 더 아플 것 같았다. 고개를 흔들며 할아버지의 병실로 향했다.

최고급실에 입원한 이성만.

그의 병실 문 앞에도 역시 굿 디펜더의 직원들이 서 있었다. 이성만도 굿 디펜더와 계약을 쓰러지기 전에 계약을 해둔 상태. 그의 안전을 지키는 건 이상하지 않았지만 그래도 동민은 기분이 좋지 않았다. 동민은 이제 굿 디펜더라면 진저리가 나는 것 같았다.

"지금은 면회를 하실 수 없으실 텐데요."

그들은 완강히 동민을 막아섰다.

동민은 그들에게 항의를 하려고 했지만 그만두었다.

"좀 들어갑시다. 손자잖아요."

"안 됩니다."

그들은 또다시 막아섰다. 무조건 안 된다, 라고만 했다.

하지만 이 나라에 안 되는 게 뭐가 있겠는가. 동민은 품에서 한 뭉치의 현금을 꺼냈다.

"이걸로 밥이나 사 먹어요."

그들은 현금을 받아 쥐고는 생각에 잠기는 듯하더니.

"안으로 들어가십시오. 10분 이상은 안 됩니다."

동민은 씁쓸한 웃음을 보이며 안으로 들어섰다. 역시나 이 나라는 돈이면 안 되는 것이 없었다. 하지만 자신의 할아버지를 만나는 데에도 허락을 맡아야 하는 상황이 우스울 따름이었다.

안으로 들어선 그의 눈에 들어온 것은 산소마스크에 의지해 누워 있는 할아버지의 모습이었다.

"할아버지……."

그는 이성만을 물끄러미 바라보았다.

"할아버지, 당신도 이렇게 되기는 하는군요."

죽어도 죽을 것 같지 않았던 그였다.

언제나 강단이 있어서 칼로 베어도 베어지지 않을 그런 사람처럼 보였다.

하지만 큰 돌멩이 하나에 그는 이렇게 쓰러졌다. 그 역시 연약한 인간에 불과한 것이다. 하늘에 나는 새도 떨어뜨리는 그런 권세가 있어도 이렇게 인간이란 무상하다.

"할아버지… 빨리 죽어주세요……."

그는 입에서 나온 말은 부척이나 독한 것이었다. 어떻게 자신을 나게 해준 혈육에게 이런 말을 할 수 있을까 싶을 정도였다.

"당신이 죽어야 제가 제대로 설 수가 있어요. 할아버지가 있는 한 저는 절름발이일 뿐이죠. 그리고 살아 있어봤자 저에게 당신의 사업을 물려줄 생각도 없는 거 알고 있어요."

그는 일어나 할아버지의 목으로 손을 천천히 가져갔다.

"그러니까 죽어줘요."

그는 더욱더 손을 가까이 가져갔다.

"편하게… 편하게 해줄게요."

하지만 그의 손은 덜덜덜 떨려왔다. 그때에 돌멩이로 머리를 쳤을 때와는 다르게 손이 움직이지 않았다. 아무래도 혈육을 죽인다는 것은 무척이나 힘든 선택일 것이다. 보통의 사람이라면 이런 선택 따위는 하지 않을 테지만.

"후우……."

그는 포기했다.

머리는 죽이라고 하지만 마음의 그의 손을 거두게 한 것이다.

"어차피… 내 손을 더럽힐 필요는 없어."

어차피 그냥 두어도 연로하기에 목숨을 잃을 것이다. 그의 손에 혈육의 피를 묻힐 필요는 없었다. 그냥 그저 기다리면 되는 것이다.

"할아버지… 나 가요. 그러니까 빨리 죽어주세요."

그의 눈이 광기로 빛났다. 광기로 빛나는 눈빛은 그렇게 밖으로 나갔다.

동민이 밖으로 나가자 이성만의 눈가를 타고 눈물이 흘러내렸다. 이성만은 깊은 한숨을 내쉬는 것도 같았다.

그러더니.

돈을 들어 산소마스크를 벗었다!

"빌어먹을 놈……."

그는 천장을 바라보며 하염없이 눈물을 흘렸다. 하나밖에
없는 혈육이 그것도 최선을 다해 키워낸 손주가 자신에게 패
륜을 가한다는 것은 정말로 참기가 힘든 것이었다.

CHAPTER 09
깨어나다

이성만의 저택으로 검은색 세단들이 몰려온다. 한편에 마련된 주차장이 모자랄 지경이었다.

　그곳에서 내리는 자들은 모두 검은 양복을 정갈하게 차려 입고 있었다. 모두가 고가의 양복이었고 디스플레이한 시계들 역시 모두가 수백 수천을 호가하는 명품이었다.

　차에서 내린 이들은 모두에게 악수를 청하며 인사를 했다. 서로 긴밀해 보였지만 어디엔가 모르게 또 서로를 경계하는 듯했다.

그들은 모두 이성만에게 도움을 받거나 그의 밑에서 일하는 가신들이었다. 이들의 직업은 다양했는데 정재계 인사는 물론이거니와 법관들도 있었고, 또한 조직폭력배 두목들도 있었다.

저택으로 들어서는 그들의 얼굴에는 불만이 가득했다.

아무래도 이성만의 뒤를 잇는 이동민의 일처리가 마음에 들지 않은 탓이었다. 덕분에 동민을 따르지 않기로 결정한 이들도 이곳에 함께 있었던 것이다.

이들에게는 일종의 서열이 존재했다. 그에 따라 밖에 있어야 하는 사람들도 있었고 또 건물 안으로 들어갈 수 있는 사람도 있었다. 건물 안에 들어갈 수 있어도 저택의 주인이 있는 방 안으로 들어갈 수 있는 사람들도 따로 정해져 있었다.

그렇게 방 안으로 들어갈 수 있게 정해진 사람들이 모두 그 '방'으로 들어갔다.

안으로 들어가서도 서열대로 좌우로 길게 늘어서 앉았다. 책상다리를 하고 꼿꼿히 앉아 잇는 이것은 마치 야쿠자들이 앉은 방식과 많이 닮아 있었다. 이성만이 왜정시대 말을 살아온 인물이기에 이런 방식을 취한 것 같았다.

모두들 자리하자 이성만이 반대쪽 문을 통해 들어온다. 그를 위해 마련된 자리에 앉는 그는 모두를 한번 스윽 훑어보았다.

명실공이 이제는 이 저택의 주인이라고 할 수 있는 위엄이 어느 정도 갖춰져 있었다.

동민은 기분이 그다지 좋아 보이지 않았다. 사실 지금 모인 것은 그의 의지가 아니었다. 가신들이 먼저 그를 청해 모인 것이었다.

"모두 나를 보자고 한 이유가 뭔가?"

동민은 모두에게 하대를 하고 있었다. 공식적인 자리에서는 높임말을 사용하는 이성만과는 또 다른 모습이었다.

하지만 이것은 이들에게 화가 났다는 것을 어필하는 것이었다. 그들에게 동민은 할아버지처럼 군림하고 싶었던 것이다.

모두 그 모습 또한 불만이었다. 윗사람이 먼저 아랫사람을 헤아리고 존중해 주지 않으면 존경을 받지 못한다. 아직 젊은 이동민은 그것을 모르고 있었던 것이다.

"지금 회장대리님께서 하시는 방식은 회장님께서 하시던 방식과는 많이 다르군요."

가장 서열이 높은 자가 먼저 입을 열었다. 그는 여당의 최고의원 중 한 명이었다.

"회장대리라니… 대리는 빼고 말하지그래?"

그의 말에 여당의 최고의원은 인상을 찌푸렸다.

건방졌다.

너무나 건방졌다.

이러니 그는 이성만의 가신들에게조차 신망을 잃는 것이었다.

"아직 회장님께서 타계하신 것도 아닌데 대리라는 말을 제외하라는 것은 조금은 건방진 태도로군요."

여당의 최고의원은 속내를 서슴없이 밝혔다. 모두의 눈이 커졌다.

아무리 어리고 버릇이 없다고 해도 이성만의 후계자에게 건방지다 말하는 것은 놀라운 일일 수밖에 없었다. 이성만이 타계하면 그를 모셔야 되는 것이 아닌가.

"말이 좀 심하십니다, 한 의원님."

동민파의 수장이라고 할 수 있는 전국구 조직폭력단 '구말회'의 보스가 입을 열었다. 역시나 한 의원의 말은 동민파의 심기를 건드린 것이다.

"지금 깡패 주제에 뭐라고 말한 것인가."

한 의원의 말에 구말회의 보스 '석정화'의 미간이 움찔거렸다. 깡패라고는 하지만 직접적으로 듣는 것은 그리 좋은 기분이 아닐 것이다.

"지금 주제에… 라고 하셨습니까!"

두 사람이 시발이었다.

그로 인해 양쪽 진영의 말다툼이 이어졌다.

　결론이 나지 않을 자존심 싸움을 번져 나갔다. 정말 나이가 사오십이 넘은 어른들의 싸움인가 싶을 정도로 원초적이고 유치한 싸움이었다.

　"모두 조용히!"

　보다 못한 동민이 나섰다. 하지만 그들은 동민의 목소리가 들리지 않는 것 같았다. 그는 얼굴을 씰룩거리며 숨을 크게 들이마셨다.

　"시끄러워, 이 새끼들아!"

　그의 사자후 같은 목소리에 드디어 소란이 조용해졌다.

　하지만 덕분에 동민 반대파의 심기를 더욱더 건드렸다. 동민을 노려보며 눈가를 파르르 떨었다.

　동민은 그들을 무시하고 그대로 말을 이었다.

　"네가 마음에 들지 않는 사람들이 있다면 모두 이 자리에서 떠나도록. 이곳을 떠나는 이들은 이제 나를 따르지 않는다고 생각하겠다."

　그의 말과 함께 자리에서 일어나는 사람들의 눈에 띄었다. 앉아 있는 사람은 스무 명 중에서 일곱 명이었다.

　"이후부터 나의 지원을 받지 않겠다는 뜻으로 받아들여도 되겠지?"

　동민의 협박과도 같은 말에 일어난 일들은 미간을 잠시 찌푸렸다. 그의 지원이 끊어지면 한동안 힘들어질 것 같았던 것이다.

"흥!"

하지만 한 의원이 콧방귀를 뀌며 뒤돌아섰다. 그를 따르는 무리들은 그의 뒤를 따랐다.

사람들로 꽉 찼던 방 안은 이제 횅한 기운만 남았다.

"후우……."

동민은 한숨을 내쉬었다.

남아 있는 자들의 면모도 분명히 쓸모가 있는 자들이긴 했다. 하지만 정말 알맹이라고 할 수 있는 자들은 거의 모두 떠나 버린 것이다.

이동민은 한참을 말이 없었다.

이 정도라고는 생각은 했지만 너무도 결과는 참담했다. 한참을 그렇게 앉아 있던 동민파의 수장이라고 할 수 있는 석정화가 입을 열었다.

"회장대리님께서……."

"대리는 빼라고……."

동민의 말에 그는 입을 잠시 막더니 말을 이었다.

"회장님의 결단이 필요합니다."

"결단?"

동민은 그 결단이라는 것이 궁금했다.

"우리끼리니까 말씀드리는 것이지만… 나머지 사람들이 불만을 가지는 이유는 아직까지 이성만 회장님께서 살아 계시기 때문입니다."

"그 노인네 가만히 놔두어도 곧 죽을 거야."

그의 말에 석정화는 고개를 절레 흔든다.

"언제고 그렇게 되겠지만, 그분이 돌아가지 않으시면 회장님은 인정받기 힘드실 겁니다. 하늘에는 두 개의 태양이 있을 수 없으니까요."

모두들 고개를 끄덕였다.

지금 상황은 회장이 둘이 있는 상황. 하나가 사라져야 하는 것이 어쩌면 맞는 것이다. 그것이 세상의 순리일 수도 있었다.

"제가 하겠습니다."

석정화가 나섰다. 그의 얼굴에는 결의가 가득 차 있었다.

"무엇을?"

동민은 그에게 물었다. 석정화가 하겠다는 것이 무엇인지 그는 잘 알고 있었다. 그렇기에 그것은 석정화가 할 일이 아니었다.

"아니, 내가 한다. 할아버지를 죽이는 일이다. 남의 손을 빌릴 수는 없지."

그의 눈빛은 결연에 차 있었다.

횃불도 당김에 빼렸다.

모두가 물러난 바로 그날 밤 동민은 거사를 시작하려고 했다.

동민은 검은 옷으로 도배를 하였다. 이것은 할아버지에 대한 장례복이었다.

그의 눈에는 복잡한 감정이 뒤엉켜 있었다.

"으윽!"

너무도 신경을 써서인지 머리가 아파 부여잡았다.

사람이라면 지금 이 순간 복잡한 감정이 있는 것은 당연하다.

하지만 동민은 지금 사람이기를 포기해야 한다.

병원으로 향했다.

오늘도 역시 병원의 입구에는 굿 디펜더의 직원들이 경계를 서… 있을 것이라고 생각했지만 이상하게도 없었다.

아마도 교대를 위해 잠시 자리를 비운 것이었다. 덕분에 손쉽게 안으로 들어갈 수가 있었다.

"잘됐군. 하늘이 나를 돕는 건가."

그는 병실로 향했다.

병실 앞에는 굿 디펜더의 직원이 서 있었다. 그들은 입구에서 보고를 받지 못한 것이 굉장히 당황스러운지 놀란 표정이 역력했다.

그는 여느 때처럼 그들에게 돈을 내민다. 그들 역시 여느 때처럼 그 돈을 받고 안으로 들어가는 것을 눈감아 주었다.

"할아버지……."

여전히 그는 산소마스크를 쓰고 있었다.

"미안해요……."

동민은 병실문에 무언가로 칭칭 감는다. 열리지 않게 쇠사슬로 고정한 것이다.

하지만 완벽하지는 않아 성인남성 서너 명이 힘을 주면 열릴 것 같았다.

"죄송합니다, 할아버지."

그는 할아버지의 산소마스크를 걷어냈다. 그리고 베개로 그의 얼굴을 감쌌다.

그러나!

이성만이 벌떡 일어났다!

"네 이놈!!!"

당황한 동민은 놀라서 뒤로 넘어졌다.

"하, 할아버지!"

그는 유령이라도 본 듯 얼굴이 하얗게 질려 버렸다.

"할아버지라고 부르지도 말거라, 이놈!!"

아직 정정해 보였지만 사고의 후유중으로 몸을 운신이 완전치는 않아 보였다.

"할아버지 죄송해요!"

동민은 이성만에게 달려들었다.

이미 저지른 일이다.

엎질러진 물이다.

모든 것이 들통이 났으니 할아버지만 죽인다면 모든 것이 덮어질 수 있다. 큰소리가 나자 문이 덜컹거렸다. 굿 디펜더의 직원들이 문을 열기 시작한 것이다.

'시간이 없다!'

문을 잠근 것이 허술해 금방이라도 끊어질 것이다. 그 사이에 할아버지를 죽이고 창문으로 뛰어내려야 한다.

그는 급한 마음에 빠르게 손을 뻗었다. 하지만 이성만은 죽지 않으려 그의 팔을 잡고 버텼다.

"당신이 죽어주면 모든 것이 편해진다고!"

"이런 배은망덕한 놈!! 불효막심한 놈!!!"

문이 덜컹 열렸다.

당황한 동민은 뒤를 돌아보았다.

"네놈은……."

문에는 상두가 서 있었다. 그 모습이 마치 저승사자와 같이 스산했다.

그는 동민의 목덜미를 잡아챘다. 그리고 바닥에 내동댕이 쳤다.

겁에 질린 이동민은 도망치려 병실문에 달려들었다. 이대로 잡히면 끝이다. 할아버지의 눈밖에도 났다. 그가 동민을 구해줄 이유는 전혀 없었다.

문고리를 잡고 열려고 안간힘을 썼지만 열리지 않았다. 밖의 직원이 열리지 않도록 조치를 취한 것이다. 그는 공포에 질려 부들부들 떨며 상두를 돌아보았다.

모두 끝이다.

모든 것이 끝이 났다.

"이런 금수만도 못한 놈. 자신을 태어나게 해준 조부를 죽이려 들어!"

상두는 그를 마구 구타하기 시작했다.

"네놈은 살 가치도 없어!"

거의 사람을 죽일 정도로 구타했지만 이성만은 말리지 않았다. 가슴이 아파왔지만 그대로 보고만 있었다.

누구를 탓하겠는가. 하나 뿐인 혈육을 잘못 훈육한 자신의 잘못이었다.

동민을 두들기는 상두도 씁쓸하기는 마찬가지였다. 심심치 않게 뉴스에 들리는 패륜범죄. 세상이 어떻게 되려고 세상에 빛을 보게 해준 존재를 죽이려 드는지.

"헉. 헉……."

동민은 거친 숨을 내쉬었다. 이대로는 정말 죽을 것만 같은 동민이었다. 동민은 혀를 깨물어 자살하려 혀를 내뱉었다.

하지만 상두는 그를 쉽게 죽게 하지는 않았다. 그의 턱을 우악스럽게 벌려 재갈을 급하게 만들어 물렸다.

"흐흐흑……."

동민은 그대로 축 늘어져 눈물을 흘렸다. 이제는 아무것도 할 수가 없었다.

이동민은 뒤이어 온 굿디펜더 직원들에 의해 다른 곳으로 호송되었다. 죄질은 나쁘지만 이성만이 그를 나라의 벌을 받는 것을 원하지 않았기에 상두는 그를 경찰에 넘기지 않기로 했다. 이후의 처분은 이성만에게 맡기는 것으로 일단락 되었다.

모든 것이 끝나자 상두는 이성만에게 입을 열었다.

"죄송합니다."

상두의 말에는 진심이 담겨 있었다. 상두의 사과에 이성만은 옅은 웃음만 보일 뿐이었다. 그 웃음이 무척이나 서글퍼 보였다.

이 나라의 정점에 서 있다고는 하지만 남아 있는 것은 없었다.

권력은 죽으면 그만이다. 언제나 권력만 쫓다가 아들을 먼저 보냈고, 손주는 망쳐 버렸다. 그에게 남는 것은 외로움뿐이었다.

상두는 그런 이성만 회장에게 연민이 느껴졌다.

예전에는 지독한 독사처럼 보였지만 지금은 이빨이 다 빠져 홀로 남은 늑대로 보일 뿐이었다.

※   ※   ※

회사가 바쁘게 돌아갔다.

오늘은 일반 직원들조차도 신경이 날카롭다. 당연히 이사진들의 얼굴은 굳어서 펴질 생각 자체가 없었다.

회사의 대표인 상두는 더욱더 초조하다.

오늘은 주주총회가 있는 날이었다.

바로 이사진의 사퇴를 결정하는 날인 것이다. 그러니 모두들 신경을 곤두세울 수밖에 없었다.

오늘의 가장 큰 열쇠는 바로 수민이었다. 그녀의 결정에 따라 모든 것이 달라지는 것이다. 그녀는 이미 이사진 사퇴를 찬성한다고 공공연하게 밝히고 다녔다.

덕분에 상두는 처음이자 마지막으로 이성만에게 부탁을 했다. 어차피 이동민의 죄상을 파헤친 것의 보상이라 걸리는 것은 없었다.

이성만이 흔쾌히 수민을 만나 이야기를 잘 해주겠다고 하였다. 하지만 그에게서 연락이 오지 않았다. 아무래도 그가 쓰러지고 쑥대밭이 되어 버린 그의 사업을 다시금 정리하려 다보니 정신이 없는 것 같았다. 상두는 무소식이 희소식이라며 애써 자위했다.

"곧 시작됩니다."

비서가 상두에게 말했다.

상두는 옷매무새를 다시금 다잡고 회의장으로 향했다.

회의장을 문을 열고 보니 주주들이 모두 모여 있었다. 하지만 수민의 모습이 보이지 않았다.

수민이 오지 않는다면 다른 주주들이 찬성으로 몰아 부칠 것이 분명한 사실이다. 이미 그녀는 찬성이라는 의견을 밝힌 와중이 아닌가.

상두가 들어서자 모두 웅성거렸다. 그에 대한 좋지 않은 이야기들이리라. 하지만 상두는 주눅 들지 않았다. 이런 상황은 그리 힘든 상황도 아니었다.

그는 당당히 자신의 자리를 향해 걸어 나갔다.

"주주총회를 시작하겠습니다."

사회자의 외침과 함께 의사봉을 딱딱 두들겼다.

상두는 초조해졌다.

총회가 시작될 때까지 그녀는 아직 모습을 드러내고 있지 않았다. 아무래도 수민을 설득되지 않은 것 같았다.

'이거 점점 초조해지는데⋯⋯.'

마왕 앞에서도 수천 수만의 군사 앞에서도 긴장하지 않았던 그가 지금 긴장되고 있었다. 그는 지금의 그의 모습에 씁쓸히 웃을 수밖에 없었다.

쓸데없는 순서들이 의미 없이 진행되어 갔다. 하품을 하는 주주들도 있었다. 이미 결과는 이사진 퇴진으로 결정된 것이나 마찬가지였다.

가운데 갑자기 회의장 문이 벌컥 열린다.

"잠깐!"

모두의 시선이 그쪽으로 향했다.

"수민?"

상두는 더욱더 신경이 곤두섰다. 수민이가 회의장에 도착했다고 해도 그녀의 결정이 어떤 것인지 전혀 알 수가 없는 이유에서였다.

수민은 성큼성큼 걸어가 의장과 모두에게 말했다.

"저는 이사진 퇴진을 반대합니다."

모두 웅성거렸다.

지금 이사진과 수민의 주식을 합치면 의사결정권이 크게 요동치게 된다.

"내 주식과 이사진들의 주식을 합치면 이들보다 반대하는 주주들보다 의사결정권이 더 크겠죠?"

그는 그렇게 말하고 돌아섰다. 더 이상 무슨 말이 필요하랴. 이사진 퇴진 건은 물 건너간 것이다.

모두 웅성거리다 못해 소리를 지르기 시작했다.

서류를 집어 던지는 주주들도 있었다.

이사진을 퇴진하여 구미에 맞는 이들을 세울 수 있다고 생각했지만 무산이 된 것이다. 그들은 수민이 이렇게 생각을 바꿀 줄 몰랐던 것이다.

회의장은 아수라장이 되었다.

사회자가 의사봉을 아무리 두들겨 봤자 소용이 없었다. 회의 자체가 이뤄질 수 없는 상황이 된 것이다.

상두는 벌떡 일어나 회의장을 빠져나갔다.

저 멀리 복도를 따라 걸어가고 있는 수민의 모습을 발견할 수가 있었다.

"수민아!"

상두는 수민을 향해 뛰어갔다.

수민은 상두의 목소리를 듣고는 그 자리에서 멈춰 섰다.

"수민아!"

상두는 그녀의 뒤에 섰다.

수민은 슬쩍 뒤돌아보았다. 여전히 차가운 눈이었다. 하지만 예전처럼 얼어붙을 그런 눈빛은 아니었다.

"왜 도와준 거야?"

"말했잖아요. 당신이 최고의 위치에 있을 때 쓰러뜨리고 싶다고. 그뿐이에요."

그녀의 말에 상두는 히죽 웃음을 보였다.

"역시 이성만 회장님 때문인가."

수민은 고개를 끄덕였다.

역시나 그의 힘이 통했던 것이다. 상두는 처음으로 이성만 회장에게 고마움을 느끼고 있었다. 상두는 수민에게 조용히 읊조렸다.

"고마워."

상두의 나지막한 인사에 수민의 눈동자가 흔들렸다. 하지만 이내 다시 차가운 눈빛을 하고는 말을 이었다.

"고마워할 필요 없어요. 언제고 나는 당신을 무너뜨릴 테니까요."

수민은 다시 뒤돌아 걸어갔다.

상두는 수민의 뒷모습을 바라보며 알 수 없는 미소를 지었다.

밖으로 나온 수민을 맞이한 것은 휠체어에 타고 있는 이성만이었다.

"만나봤나?"

이성만 회장의 말에 수민은 고개를 끄덕였다.

"내 부탁이었다곤 하지만 자네는 박 대표에게 악감정이 있지 않은가. 왜 그런 결정을 한 건가?"

"말씀드렸을 텐데요. 그가 최고의 위치에 있을 때 쓰러뜨리고 싶었다고."

수민의 말에 이성만은 히죽 웃음을 보였다. 그녀의 이유는 그것이 아니라는 것을 그도 잘 알고 있었다.

"내가 아무리 남녀관계에 둔한 노인네라고 하지만 너무 무시하지 마시게. 자네는 박 대표를 아직 사랑하고 있어."

"신소리 마세요, 영감님."

수민은 그렇게 말하고 그의 말을 무시했다. 이성만은 의미심장한 표정으로 웃더니 말을 이었다.

"후후. 그래, 노인네는 입을 닫고 있지"

그의 말에 그녀는 휠체어의 손잡이를 잡고 끌어주었다.

"웬만하면 전동 휠체어를 사시면 안 돼요? 돈도 많으신 분이."

"사람이 밀어주는데 왜 비싼 돈 주고 그런 걸 사나."

"노랭이 같아요."

"하하하 그런가? 그런데 자네와 박 대표가 공통점이 있네."

"뭐가요?"

"나한테 함부로 대한다는 거! 하하하!"

두 사람은 마치 할아버지와 친손녀처럼 대화를 나누었다.

이성만은 정말로 그녀와 함께하는 것이 즐거워 보였다.

*　　　*　　　*

의례적이었다.

이성만이 상두를 만나러 온 것이다. 늘 저택에 칩거하듯 있는 사람이 무슨 바람이 불었는지 요즘 속세 나들이가 잦다.

아무런 약속도 없이 막무가내로 회사로 찾아왔다. 아무리 어두운 권력의 최고봉이라고는 하지만 일반인들이 그를 알 수기 없었다. 회사 앞에서 경비들과 실랑이를 벌인 것도 그 때문이다.

다행히 그와 일면식이 있던 박강석이 지나가며 그를 발견했기에 상두를 만날 수가 있었다.

"도대체 약속도 없이 왜 오시는 겁니까."

툭툭 말을 던지긴 했지만 상두는 동민이 수감된 이후 이성만에게 약간은 악감정이 사라졌다. 그 이후 그는 너무도 초라해 보였기 때문이다.

"거참 자네 만나기가 참 힘들구만. 나랏님이라도 되는 것도 아니고."

그는 투덜거렸다.

"투덜거리실 거면 다른 데서 하세요."

"고맙다는 인사를 하러 온 사람에게 너무한 거 아닌가? 식사라도 함께 하세나."

상두는 서류를 보느라 대답이 좀 느렸다. 약간 화가 난 듯 이성만은 지팡이로 툭툭 바닥을 쳤다. 그는 이제 지팡이를 짚고 걸어다닐 정도로 회복 되었다. 나이에 비해 굉장히 회복속도가 빠르다는 의사의 진단이었다.

그래도 대답이 없자 다시금 강하게 지팡이로 바닥을 툭툭 쳤다.

"아, 죄송합니다. 이 서류만 보구요."

"나를 이렇게 없인 여기는 사람도 드물 거야. 아, 한 사람 더 있지."

"누굽니까?"

상두는 그의 볼멘소리에 무미건조하게 물었다.

"수민."

그의 대답에 상두의 표정이 어두워졌다. 이성만은 그를 유심히 바라보았다.

상두의 할당된 분량의 일을 모두 마치고 그들은 정갈한 한

식당을 향했다. 꽤나 맛도 있어서 유명 인사들이 자주 찾는 곳이기도 했다.

그들은 아무도 들어오지 않는 VIP룸으로 들어갔다. 이성만은 이곳의 단골이라 쉽게 좋은 방을 얻을 수 있었다.

그들은 일단 식사부터 했다.

상두는 아침은 물론이거니와 점심도 제대로 먹지 못하고 일을 하다 보니 게 눈 감추듯 밥과 반찬을 삭삭 비웠다. 그 모습을 이성만은 흐뭇한 눈으로 바라보았다.

"뭘 그렇게 보세요."

"그냥 복스럽게 먹는 모습이 보기가 좋구만."

어쩌면 이성만 회장은 상두의 맑고 정의로운 영혼에 끌린 것 같았다. 그는 항상 어두운 곳에서 어둡게 성장해왔기에 어쩌면 상두 같은 사람을 너무도 만나고 싶었는지도 모른다.

"내 사업을 잇지 않겠나?"

밥을 맛있게 먹던 상두는 사래가 걸린 듯 콜록콜록 기침을 해댔다.

"또 그 말씀이십니까."

상두는 손사래를 쳤다. 그의 사업은 상두와는 맞지 않는 분야라고 늘 생각한 탓이었다. 하지만 상두는 계속 거절만 할 수는 없었다.

그의 눈빛이 너무 많이 절실했기 때문이었다.

"나는 어둠 속에서 살았네. 그때는 그래야만 했지. 그렇게 하면 성공할 수 있었지. 그래서 누구보다 더 더럽게 돈을 모았고, 권력을 탐했네. 그래서 이 자리에 오를 수가 있었지. 하지만… 이제는 그런 더러운 짓은 하지 않아. 그렇게 하지 않아도 될 정도로 내 권력은 커졌지. 권력의 정점은 선도 악도 아니니까."

그는 숭늉을 한잔 들이켜고 말을 다시 이었다.

"하지만 권력의 정점에 다다르니 이것을 제대로 사용하지 않으면 부작용도 크다는 것을 알게 되었네. 그래서 자네가 필요해."

그의 말에 상두는 조용히 물었다.

"왜 접니까."

"자네는 영혼이 맑은 사람이니까. 자네는 빛의 세계에서 살아온 사람 같으니까. 내가 만들어낸 선도 악도 없는 권력을 어디로 튈지 모르는 그 힘을 자네는 제대로 쓸 수 있다는 생각이 들었다는 것이지."

상두는 한참을 젓가락으로 반찬을 뒤적거렸다.

그의 권력이 탐이 나는 것도 사실이었다. 그의 이상 속에 있는 나라를 만들려면 그의 권력은 어쩌면 꼭 필요한 것일지도 모른다.

"무조건 맡아달라는 말은 아니네. 하지만 꼭 자네가 맡아주었으면 좋겠어. 이주간의 시간의 여유를 주겠네. 이주 후에 내 저택으로 오게나. 그렇게 한다면 자네가 승낙한다는 것으로 받아들이겠네. 그리고 자네가 나의 진정한 후계인 것을 모두에게 공표할 걸세."

그는 그렇게 말하고 자리에서 일어났다.

"식사를 좀 더 함께하고 싶지만, 내 몸이 아직 완전하지가 않구만… 이만 돌아가야겠네."

상두도 일어났다.

"혼자서 괜찮으시겠습니까?"

"수행원과 함께 왔으니 걱정 말게."

그는 그렇게 빠져나갔다.

그가 돌아가자 상두도 이윽고 밖으로 나갔다. 더 이상 식사를 할 정신이 아니었다.

회사로 돌아가지 않았다. 마음이 복잡해 집으로 가서 쉬고 싶었다. 비서에게 먼저 퇴근한다는 연락을 하고 그는 집으로 향했다.

집에 도착한 상두는 옷을 훌훌 벗고는 욕탕에 몸을 맡겼다.

따스한 물의 기운이 그를 감싸고 돌았다.

"흐음……."

그는 생각에 잠겼다.

이성만은 지금 그에게 너무도 큰 상념거리를 남겼다.

그의 권력을 가지게 된다면 그의 야망에 더욱더 빠르게 나아갈 수가 있을 것이다. 게다가 그의 권력은 다른 사람이 사용한다면 큰 문제가 될 수 있다.

"역시… 받아들일 수밖에 없나……."

그는 고개를 절레 흔들더니 온몸을 물에 잠기게 했다.

'내가 그 권력을 제대로 사용할 수 있을까?'

상두는 계속 그렇게 고민했다.

대륙에서의 그는 권력을 가졌다기보다는 명예를 가졌다. 그리고 그는 권력보다 명예를 더 중시하는 사람이었다. 그렇게 이런 커다란 권력이 손에 들어오면 어떻게 해야 하는지 알고 있지 않다.

하지만.

그는 그간 잘못된 위정자들이 권력을 남용했을 때에 어떠한 결과를 낳았는지 잘 알고 있다. 그것만 잘 기억한다면 못할 것도 없을 것이다.

*   *   *

2주 후.

이성만과 상두가 약속한 날짜였다.

이성만의 저택의 주차장과 부근에는 검은 세단들이 즐비했다. 그의 가신들과 도움을 입은 자들이 모두 모인 것이다.

그들은 왜 오늘 모였는지 알 수 없었다.

이성만이 그저 중대한 사안이 있다는 것만 공지한 탓이었다.

모두 예상하기로는 그가 이제 건강 악화로 일선에서 물러나는 것을 발표하지 않겠냐는 것이었다. 하지만 그런 발표를 하기에는 조금 어색한 것이 있었다.

바로 후계가 없다는 것이었다.

이동민은 있을 수 없는 폐륜을 저질러 후계의 구도에서 제외 되었다. 유일한 후계자의 후보였던 그가 없어진 지금 그가 일선에서 물러나는 것은 있을 수 없었다.

덕분에 가신들의 마음속에서는 혹시나 그 후계가 자신이 아닌가 하는 괜한 기대감이 생기기 시작했다.

이성만의 '방' 에는 그의 가신들이 모두 모여 있었다.

지난번 이동민이 호출했을 때에 정좌로 앉아 있었지만 이번에는 무릎을 꿇고 앉아 있었다. 이것은 마치 주군에 대한 가신들의 충성의 모습 같았다. 그만큼 이들의 이성만에 대한 충성심은 절대적인 것이었다.

이 방의 가장 상석에 위치한 이성만은 조용히 입을 열었다.

"오늘 내가 여러분들을 모이라고 한 것은 소개해줄 사람이 있어서입니다."

모두들 의아했다.

일선에서 물러나겠다는 발표로 예상했건만 빗나간 것이다.

이성만은 손바닥을 탁탁 쳤다.

그러자 그의 맞은편 끝의 문이 열리고 한 사내가 검은 양복을 입고 서 있는 것을 볼 수가 있었다.

그는 바로 박상두였다.

그가 비장한 표정으로 이성만에게 크게 절하고 다시 일어섰다.

모두들 새로운 가신의 소개라고 생각하는 듯 별다른 반응을 보이지 않았다.

"이리로 오게나."

이성만이 상두를 불렀다.

모두들 눈을 크게 떴다. 저 뜻은 이성만의 옆으로 상두를 부르겠다는 말이 된다. 처음 입신한 가신에게 주어지는 그런 특권이 아니었다.

상두는 성큼성큼 가신들을 사이로 지나 이성만의 앞에 섰다.

"내 옆자리에 와서 편하게 앉게."

그의 말에 모두들 완전히 경악하고 말았다. 이성만과 같은 자리에 앉는다는 것은 그의 후계라는 뜻이 된다.

상두는 그의 옆에서 정좌를 하고 앉았다.

모두들 무릎을 꿇고 앉아 있는 가운데 정좌를 하고 있는 상두는 후계라는 것을 확실히 하는 것이었다.

"이제 이 옆에 있는 박상두 군은 내 후계가 될 것이야."

역시나 후계였다.

하지만 모두 인상이 좋지가 않았다. 이것은 어쩌면 이동민이 뒤를 잇는 것보다 더 말이 안 되는 이야기가 된다. 박상두라는 남자는 이성만의 혈육도 아니지 않는가. 하지만 이성만의 앞이라 모두들 아무런 말도 못하고 감내해 내고 있었다.

"지금 곧바로 후계로 잇겠다는 것은 아닐세. 충분히 후계 수업을 받고 자네들에게 인정을 받게 한 후에 내 모든 사업을 물려주겠다는 것이야."

그의 말에 모두들 공감도 했지만 또 인상을 찌푸리기도 했다. 지금의 상황은 가신들에게 어쩌면 몹시 좋지 않은 상황일 수도 있었다.

아마도 이동민이 숙청되고 난 후 자신이 후계라고 생각한 가신들도 꽤나 많을 것이다.

"상두 군, 한 말씀 하시게."

이성만의 말에 상두는 입을 열었다.

"잘 부탁드립니다. 여러분과 새로운 세상을 만들어내고 싶습니다."

그의 음성은 명민함이 깃들어져 있으며 맑았다. 모든 이의 이목을 끌기에 부족함이 없었다.

그렇게 상두는 이성만의 후계로 지목이 되었다.

『권왕강림』 5권에 계속…

신풍기협 神氣風俠

FANTASTIC ORIENTAL HEROES

윤신현 新무협 판타지 소설

「수라검제」, 「태양전기」의 작가 윤신현
우직한 남자의 향기와 함께 돌아오다!

사부와 함께 떠났던 고향.
기다리는 친구들 곁으로 돌아온 강진혁은
사부의 유언을 지키기 위해 강호로 나선다.
반드시 돌아오겠다는 약속을 남기고.

"믿어라. 난 결코 허언을 하지 않는다."

무인으로 살 것인가, 무림인으로 살 것인가.
고민을 안고 나아가는 강진혁의 강호행!

**신의 바람이 불어와 무림에 닿을 때,
천하는 또 하나의 전설을 보게 되리라!**

Book Publishing CHUNGEORAM

유행이 아닌 자유추구
WWW.chungeoram.com

拳王降臨

권왕강림

FUSION FANTASTIC STORY

무명서생 장편 소설

강렬함을 원하는가?
원한다면 읽어라!

「권왕강림」

주먹으로 마왕을 때려잡던 이계의 피스트 마스터, 카론!
나약한 왕따와 영혼이 교체되어 현대에 다시 태어나다!

"앞을 가로막는 자는 때려눕힌다!"

맨손으로 불평등한 세상을 평정할
위대한 권왕의 이름을 기억하라!

권왕 상두 강! 림!

Book Publishing CHUNGEORAM

- 아닌 자유추구 -
www.chungeoram.com